Mitt'n drin

Von Frank Xavier (Pseudonym)

2. Auflage, 2022

Buchcover, Illustration und Bilder: Frank Xavier, Visions of Energy

Reumanngasse 3

3107 St. Pölten

AUSTRIA

Herstellung und Verlag:

BoD – Books on Demand, Norderstedt

ISBN-Print: 9783756212163

Widmung

Dieses Buch widme ich

EVA

Meiner über alles geliebten Ehefrau
und Begleiterin, meiner Muse, der
geduldigen Launenertragerin eines
bis vor kurzem totalen Beziehungs-
verweigerers und unendlich viel Liebe
spendenden Frau meines Lebens.

The Reason why

Frank Xavier, geboren 27.11.1955 (Schütze), mit der Sicherheit noch einige Jahre auf dieser wunderschönen Welt zu verbringen, wohl wissend, dass dies nicht unbedingt mit einem mehr an Weisheit verbunden ist. Der Name ist ein sogenanntes Pseudonym, nicht weil ich mich dahinter verstecken will, sondern weil ich unter meinem anderen Namen Fachpublikationen veröffentliche und ich privat von beruflich gerne trenne.

„Who is …", so beginnen die meisten Personenbeschreibungen. Also wer ist „Frank Xavier"?

Ich könnte es mir leicht machen und sagen „lesen Sie einfach weiter …", sollten diese Zeilen gerade ja das tun: Sie zum Weiterlesen motivieren, denn nur dann werden Sie F.X. wirklich kennen lernen.

Ach ja. Irgendwann sollte ja noch der Grund kommen. „Warum, lieber Herr Frank Xavier, haben Sie dieses Buch geschrieben…?". Was werde ich darauf antworten, wenn mich Journalisten aus aller Welt befragen, weil mein Werk seit Jahren auf Bestsellerliste ganz oben steht.

Ganz einfach: Wegen mir.

Und wie es in jeder anständigen, einer Biografie und ähnlichen Erzählungen Brauch ist:

„Diese Handlungen und Personen sind NICHT frei erfunden. Deshalb sind Ähnlichkeiten mit lebenden oder toten Personen auch nicht zufällig, sondern beabsichtigt".

Ich wünsche Ihnen beim Lesen viel Spaß – und vielleicht ist die eine oder andere Botschaft enthalten, die Sie für sich als bedeutend oder wichtig empfinden. Darüber freue ich mich, ebenso wie ein Feedback zu meinem Buch.

Abschließende Bitte: Falls Ihnen das Buch gar nicht gefällt, ob es nun der Stil, der Inhalt oder die Rechtschreibfehler sind: Erzählen Sie allen davon, welchen schlechten „Schinken" Sie da zu lesen bekamen. Posten Sie das in den sozialen Medien, im Internet, erzählen Sie allen Menschen, die ihnen begegnen und „verreißen" Sie das Buch nach Strich und Faden. Eine bessere Werbung kann es gar nicht geben. Danke!

Rückblick im Zorn?

„Wenn einer eine Reise tut, dann kann er was erzählen".

Diese Reise hat 57 Jahre gedauert, war es doch eine Reise zu mir selbst und dem Menschen, der ich heute bin. Es ist die Beschreibung einer Reise durch Himmel und Hölle, über tiefe Täler und hohe Berge, durch lange dunkle Tunnels und ich Mitt'n drin und trotzdem oft voll daneben. In diesem Buch lade ich Sie ein, mich auf dieser Reise zu begleiten. Keine Angst, nicht über Jahrzehnte. Ich lade Sie nur ein, den Kreislauf eines Jahres mit mir zu betrachten. An dem Ort an dem meine Wurzeln liegen.

„Nur wer weiß, woher er kommt, kann auch entscheiden, wohin er geht".

Mein „Woher" war jahrzehntelang verschüttet. Tonnen von Glaubenssätzen, vorgefertigten Meinungen und vieles mehr, haben darüber gelegen und es tief vergraben.

Erst im Zuge meiner „Reise" habe ich mich daran gemacht einiges auszubuddeln – und siehe da: es waren so manche unentdeckten Schätze dabei. Und unweigerlich denkt man: „Wäre mein Leben anders gelaufen, wenn ich manches früher entdeckt hätte?"

Mit Sicherheit. Eben anders. Aber wie anders?

Besser? Ich weiß es nicht. Ich habe gelernt, dass die Kriterien besser, schlechter, gut, bei der Vergangenheitsbetrachtung des eigenen Lebens oft nicht hilfreich sind. Ich habe mir angewöhnt, eher von „bedeutsam" zu sprechen.

Im Augenblick des Geschehens, wenn du meinst, alles bricht zusammen, du stehst nicht mehr am Abgrund, sondern bist eigentlich schon den finalen Schritt gegangen, der dich unweigerlich in die Tiefe schleudert und dich zerschmettert am Grund der Dunkelheit liegen lässt, in dem Augenblick ist alles schlecht.

Wenn du dich aber wieder gesammelt hast, nach diesem Sturz, deine Knochen wieder ordnest, dann kannst du auf das, was gerade passiert ist mit Dankbarkeit zurückblicken. Heute weiß ich das. Das war nicht immer so.

Lange Zeit haben mich Hader und Wut begleitet über meine „ach so schwere Jugend und Kindheit". Ich habe im Zorn zurückgeblickt und dabei nicht bedacht, dass es viele andere Menschen auf dieser Welt gibt, die nicht das Glück hatten (und haben), in reiner Natur und mit (reichlich) sauberem Wasser aufzuwachsen. Die in Hunger und oft unter Todesangst ihre Kindheit verbringen.

Ich habe mich immer gewehrt, wenn Menschen ihre Jugend, ihr Elternhaus und mehr für die aktuelle Situation in die Verantwortung nehmen: „Ist ja kein Wunder, dass ich so bin … bei den Eltern … und so weiter…". Ich habe immer gesagt, du selbst bist deines Glückes Schmied. Und ich vertrete diese Meinung heute mehr denn je.

Warum dann der Rückblick „im Zorn"?

Genau das hat mich meine Frau während der Reise gefragt.

Und sie hat mich am Gipfel jenes Berges in den Arm genommen, den ich damals als Schulkind täglich überqueren musste:

„Schau Dir diese Landschaft an, schau auf diese Harmonie, diese Kraft, diese wunderbare Natur. Schau runter auf den Fluss, auf die satten grünen Wiesen. Schau auf die schroffen Berggipfel.

Das bist Du! Diese Kraft, diese Schönheit. Das hat Dich zu dem Menschen gemacht, der Du heute bist. Hier liegen Deine Wurzeln. Betrachte sie mit Liebe und Ehrfurcht …".

In diesem Augenblick – den ich nie vergessen werde und für den ich meiner Frau immer dankbar sein werde – stieg es heiß in mir auf.

Und ich konnte meine Tränen nicht mehr zurückhalten. Diese Worte waren so bedeutsam für mich, dass ich mich dieser Tränen nicht schämte. Es war eine Befreiung nach mehr als vierzig Jahren wieder zu weinen. Danke Eva.

Und dann begann ich dieses Buch zu schreiben. Weil ich eine Botschaft habe: „Achte auf Deine Wurzeln, sie haben Dich zu dem gemacht, was Du heute bist. So wie ein Baum, die Kraft und Energie aus den Wurzeln zieht, so ist Dein Leben durch sie geprägt. Und sei dankbar." Und liegst du wieder einmal am Grunde einer tiefen Schlucht, so denk daran, dass aufstehen die eine Seite ist. Die andere Seite ist sich abzuschütteln, zurückzublicken und einen Schritt weiterzugehen. Das nennt man dann Entwicklung!

Frank in dieser Geschichte

Die Geschichte des „Bergbauernbuben" spielt in den Jahren 1965 bis 1970. Franz'l ist zwischen 10 und 14 Jahren alt.

Zu dieser Zeit war das Leben mit Sicherheit nicht überall so, wie es in diesem Buch beschrieben ist. Ich bin zweifelsohne in einer exponierten Lage aufgewachsen.

Ich will nicht sagen rückständig – aber doch hinter der Zeit. Die Möglichkeiten Maschinen einzusetzen waren nun mal beschränkt. Es fehlte natürlich an Geld, aber auch die geografische Lage hätte Maschinen erfordert, die es zu der Zeit noch gar nicht gab.

Fuhren anderenorts bereits Traktoren, so war bei uns die wichtigste Zugmaschine der Mensch oder die Seilwinde. Unser Leben war geprägt von unserer Fähigkeit zu improvisieren und erfinderisch zu sein – mit beschränkten Mitteln, das Beste zu erreichen. Und vom Fleiß – eine Eigenschaft, die bei mir nicht so gewaltig ausgeprägt gewesen sein mag.

Deshalb habe ich immer darüber nachgedacht, wie ich mir die Arbeit erleichtern und verkürzen könnte.

Vielfach mit Körperkraft, vielfach mit Bastel-eien, die dann oft nicht funktionierten. „Wos host denn do scho wieda für an Bledsinn bastelt?" Mein Vater als ich mir ein „Seifenkist'l" gebaut habe. Recht hat er gehabt. Es ist gerade mal 10 Meter gelaufen, dann waren die Räder zerbrochen und die Knie aufgesprungen. Am Hauseck eine neue Schramme und ich um eine Erfahrung reicher.

Ich habe bereits frühzeitig „Erfindungen" gemacht, die hilfreich gewesen sind. Zum Beispiel als ich den Motormäher zur Zugmaschine umgebaut habe. Na gut, man musste ihn vor dem Mähen wieder „rückbauen", was eine Stunde Zeit gekostet hat – aber ich habe mir mindestens 10 Minuten erspart, um mit dem Vehikel das Grünfutter in den Stall zu bringen. Vielleicht nicht sehr effektiv gelernt habe ich jedoch viel dabei.

Zumindest erhielt ich immer nur „positive" Rückmeldungen: „Des mochst jo nur, wei du zu faul zum orbeiten bist …"

Wie alles begann

Meine Eva – zu dem Zeitpunkt gerade erst mal einen Monat meine Geliebte, sagt zu mir: „Weißt Du was, am Ostersonntag spielen Sie im Kino ‚Nachtzug nach Lissabon'. Schauen wir uns den Film gemeinsam an."

Gesagt, getan. Es war ein vollkommen verschneiter Ostersonntag. Um 10 Uhr gab es Frühstück. Direkt beim Kino – mittlerweile unser Lieblingslokal. Bemerkenswertes Service, beste Qualität. Wir haben uns in diesen zwei Stunden ausgezeichnet verwöhnen lassen.

Um 12 Uhr Start der Vorführung. Keine Angst ich werde jetzt keinesfalls eine Inhaltsbeschreibung geben.

Ich verlies den Kinosaal und mir war klar: Ich werde meine Wurzeln entdecken. Der anfängliche Gedanke, die Reise allein zu unternehmen, war bald verworfen. Zum Glück hat Eva sich entschieden, mich dann doch zu begleiten. Das Universum tut schon das Richtige, sodass ich eine Woche später meiner Geliebten eröffnete:

„Eva – wir fahren zu meiner Schwester. Am Donnerstag geht es los, am Samstag sind wir wieder zu Hause".

9

Diese Worte an meine Geliebte und heutige Ehefrau waren der Startschuss zu einer Reise in die Vergangenheit und wieder zurück.

Nun, beinahe 10 Jahre später kann ich sagen, dass diese Fahrt mein Leben nachhaltig zum Positiven beeinflusst hat. Wenn das so klingt als sei es einfach gewesen, so darf ich dem widersprechen. Es war ein „Knochenjob", doch es ist mir gelungen.

Was hat den Ausgang beeinflusst? Zuerst die Tatsache, dass ich mich mit meiner Vergangenheit ausgesöhnt habe, ich blicke heute mit Liebe und Dankbarkeit darauf zurück.

Der zweite wichtige Punkt ist, dass meine Frau Eva, die ganzen Jahre hinter mir stand, mir mit ihrer Liebe und ihrem Verständnis den Halt gegeben hat, den ich so lange vermisst habe.

Fahrt und Ankunft

Wir haben den Weg abseits der Autobahnen und Schnellstraßen gewählt. Sind durch versteckte Täler, verschlafene Orte, über herrliche Anhöhen gegondelt. Immer den Blick auf diese unnachahmlichen Schätze, die unsere Heimat bietet. Blühende Obstbäume, Blumenwiesen, grüne Felder, tiefdunkle Wälder. Wasser. Murmelnde Bäche, rauschende Flüsse, stimmige Plätze, die zum Verweilen einladen. Manchmal blieben wir stehen und waren rundum glücklich.

Gegen 14 Uhr sind wir angekommen. Meine Schwester war auf unseren Besuch – und vor allem auf meine neue Begleiterin – nicht vorbereitet. Aber ich stelle fest, das alte Mädchen hat sich tadellos im Griff. Kurz sah ich in Ihren Augen die alte Wut blitzen. Meine seltenen Besuche in der Vergangenheit verliefen beileibe nicht unbedingt harmonisch.

„Wen bringt er denn jetzt wieder mit, der Haderlump".

Ich konnte die Gedanken in ihrem Kopf kreisen sehen. Aber die Freude mich zu sehen hat überwogen – obwohl es eine Zeit gab, da hatten wir nahezu 30 Jahre keinerlei Kontakt.

In den letzten Jahren sind wir uns wieder nahegekommen. Aber das ist eine andere Geschichte.

Also die Ankunft ging mal ganz gut – wir haben uns eine Weile unterhalten und dann bin ich mit Eva zu meinem alten Elternhaus gewandert.

Ich wollte Ihr zeigen, wie ich damals – vor mehr als 40 Jahren gelebt habe.

Das alte Haus – es steht nicht mehr. Oder besser gesagt, die Hülle – also die äußere Form ist noch da. Aber innen ist alles neu und wirklich schön ausgebaut. Ich habe nie geglaubt, dass man aus der „alten Hütt'n" so eine heimelige Wohnstätte schaffen kann. Meine Nichte und ihr Mann haben in den vergangenen Jahren großartiges geleistet.

Wehmut beschleicht mich. Fast 15 Jahre war mir das Haus Heimstatt. Hier habe ich die Jahre meiner Jugendzeit verbracht – meine ersten Erfahrungen in allen Bereichen gemacht. Gewohnt, gelebt, geliebt, gearbeitet.

Freude und Spaß erlebt, das lange Siechtum und Sterben meines Vaters beobachtet, Freunde gewonnen und verloren.

Mitt'n drin und trotzdem voll daneben.

Weil ich vieles nicht verstanden habe. Weil unser Leben anders war als das der Kinder im Tal, die bereits „modern" aufgewachsen sind. Mit Fernsehen, Fahrrad, Kino und vielem mehr. Alles was heute aus unserem Leben nicht mehr wegzudenken ist.

Diese Reise in die Vergangenheit ist für mich also die Rückkehr zu meiner Basis. Die Suche nach dem, was mich als Menschen heute ausmacht – und auch die Konfrontation damit. Jetzt im Rückblick auf unsere Reise weiß ich, dass ich auch dankbar auf diese Zeit zurückblicken muss – und es auch kann.

Es ist nicht mehr der „Blick zurück im Zorn".

Viel eher habe ich das Gefühl der Demut. Hier in dieser herrlichen Landschaft mit ihren Bergen und Tälern, ihren Wäldern und mit ihrer gewaltigen Energie bin ich groß geworden. Hier liegen die wahren Anfänge. Von hier habe ich die Kraft, die mich heute in vielen Situationen aufrechterhält und mich gegen die Unbilden des Lebens schützt.

Und dankbar bin ich für meine Begleitung – meine Eva. Sie hat mir die Augen geöffnet für eine andere Sichtweise.

Erst jetzt — nahezu am Ende meines Berufslebens — kann ich den Zorn und die Enttäuschung loslassen. Von Eva habe ich gelernt, dass das Universum mir unendliche Möglichkeiten eröffnet hat — gerade, weil dort meine Wurzeln sind.

Ich kann allen, die so wie ich Jahrzehnte lang die Heimat gemieden haben, nur empfehlen so eine Reise zu unternehmen. Es war für mich das wichtigste Erlebnis der letzten Jahre.

Und bestimmend für meine Zukunft!

Erst einige Tage nach meiner Reise hat mir Eva gesagt, dass sie diesen Film ganz bewusst ausgesucht hat, um mich zu diesem Abenteuer zu motivieren. Danke.

So und nun sind wir da. Wo war ich stehengeblieben? Ach ja. Wir waren beim alten Haus — jetzt erstrahlt es in neuem Glanz und ich muss sagen — es hat es verdient. Wenn es nach mir gegangen wäre, es wäre der Spitzhacke zum Opfer gefallen.

Mein Elternhaus

Mit Worten zu erklären, wie das Haus zu meiner Zeit ausgesehen hat, ist schwer. Es war (ist) ein länglicher Bau etwa 30 Meter lang, 12 Meter breit. Am oberen Ende die Wohnräumlichkeiten, am unteren Ende Stallungen und Stadel.

Der Standort des Hauses liegt in einem „Graben". Das ist die Bezeichnung für die Streusiedlungen außerhalb des Hauptortes. Ein Graben windet sich von dort weg – ist bis zu 10 km lang und führt bergwärts, teilweise von einem Bach begleitet. Holzbrücken und Stege führen über denselben.

In unserem Graben – dem „Fuchsgraben" gibt es sogar einen Wasserfall. Hier stürzt sich der Fuchsbach über eine 50 m hohe Felswand und der Weg führt in weitem Bogen an den Felsen vorbei auf die höhere Talstufe. Je weiter man nach oben kommt, desto mehr rücken die steilen Wiesen und Wälder an den Weg heran.

Damals verlief der Weg bergwärts direkt am Haus vorbei. Vor der Haustür gab es keinen Platz. Man stand sofort auf der „Straße" – die zu damaliger Zeit mit Autos nahezu unbefahrbar war. Voller Steine, steil, mit tiefen Furchen links und rechts.

Das einzige Auto, das diesen Weg bewältigen konnte, war der VW Käfer. Die Nachbarn, die weiter bergwärts ihren Hof hatten, besaßen so einen. Schwarz war er, ein 34PSKugelporsche.

Schon von weitem hat man ihn gehört, wenn er sich voll besetzt den Berg herauf quälte. Üblicherweise kam er nur am Sonntag zur Fahrt in die Kirche zum Einsatz – und war das einzige motorgetriebene, vierrädrige Fahrzeug, das damals in unserem Graben gefahren ist.

Die Söhne vom Nachbarn hatten als Fortbewegungsmittel die fantastische Steyr Puch 150. Deren dumpfes Stampfen war schon zu hören, wenn sie kilometerweit entfernt war.

Für uns Kinder wenig Gefahr unter „die Räder" zu geraten. Ebenso beliebt war die sensationelle „DS50" oder der „Postfrosch", ein Puch-Moped. Üblicherweise schwarz und mit einer „Stangl-Schaltung".

Rauchend, spuckend mit einem ganz eigenartigen Klang haben sich diese Fahrzeuge vereinzelt nach oben gekämpft. Oft mit 2 Personen und mehr besetzt.

Beladen mit Einkäufen und Werkzeugen. Manchmal musste der Beifahrer absteigen und anschieben.

Auf der anderen Seite – also über der „Straße" der Keller, darüber die Werkstatt. Mein Großvater hat ihn gebaut. Unten war Obst, Gemüse und Most gelagert. Manchmal auch das Fleisch von unseren Schweinen in den „Surfasseln"[1].

Der Geruch war unvergleichlich. Sauer und süß zugleich – immer lag leichter Modergeruch nach Erde in der Luft.

Wenn Fleisch „in der Sur" lag, dann kamen zusätzlich der Geruch des frischen Blutes und der Duft der Gewürze dazu. „Kraunawetten"[2], Salz, Pfeffer und einiges mehr, dass ich nicht kannte.

Im Spätherbst gärte der Most in den Fässern, da war das „Odeur" dann perfekt. Später kam der selbstgebrannte Schnaps dazu.

Ich kann dieser Geruchssymphonie nachspüren, wenn ich die Augen schließe.

Im Keller war es immer herrlich kühl und wir hatten in den heißen Sommern unsere Freude damit. Im Winter war der Keller nicht zu kalt – es sei denn, jemand ließ die Tür offenstehen. Dann konnte es schon sein, dass sich Eis darin gebildet hat.

---

1 In den Surfasseln wurde das Fleisch gebeizt, gewürzt und eingelagert. Das so „gesurte" Fleisch wurde geselcht oder es entstand ein herrlicher Surbraten daraus.

2 Kraunawetten sind die Äste und das Gehölz der Heidelbeersträucher. Sie wurden als Heizmaterial zum Selchen verwendet und gaben dem Fleisch ein unvergleichliches Aroma.

Nicht gut für Most, Obst und Gemüse – und nicht gut für mich, denn meist war ich der Missetäter und von meinem Vater habe ich dann schon manchmal eine „abgehoselt"[3] – die gängige und liebevolle Bezeichnung für eine g'sunde Watschn (Ohrfeige).

Dem Keller aufgesetzt, die Werkstatt aus Holz. Mein Großvater war gelernter Binder, das ist einer, der Fässer aus Holz herstellt und repariert. Dazu hatte er eine faszinierende Sammlung von Werkzeugen. Mit dem Binderhammer oder Reifhammer schlug er die Eisenreifen auf die Fässer.

Die vielen Bohrer und Stemmeisen, wohlsortiert an den Wänden hängend, weckten mein technisches Interesse. Über meine Experimente damit möchte ich lieber nicht berichten.

Im Zentrum der Werkstatt stand die Hobelbank – ein hölzernes Prachtstück und davor die „Hoanzlbaunk"[4]. Das war eine spezielle Hobelbank, die man zum Gleichrichten von

3 *Abgehoselt: andere Bezeichnung für Ohrfeige oder Watsch'n, die natürlich immer eine g'sunde war.*

4 *Die Schnitzbank ist eine Vorrichtung zum Feststellen von Holz Werkstücken während ihrer Bearbeitung. Sie steht auf vier hölzernen Beinen. An der Längsseite ist eine Klemmvorrichtung (Backe) angebracht. Der Arbeiter sitzt auf der Bank wie auf einem Esel oder Pferd, woher auch die Bezeichnungen „Schneidesel" und „Schnitzpferd" stammen kann. Somit wird es möglich, Rundhölzer mit dem Reifmesser, einem Schnitzmesser mit beidseits einem Handgriff, zu schälen oder zu glätten. Damit lassen sich auch Werkzeugstiele oder sonstige Holzstangen oder Schindeln herstellen, weshalb sie auch „Schindelbank" genannt wird. Der Vorteil einer Schnitzbank besteht unter anderem darin, dass der Arbeiter beide Hände zum Schnitzen frei hat, da nicht er, sondern die Schnitzbank das Werkstück festhält, durch die Klemmvorrichtung. (Quelle: Wikipedia)*

Hölzern und kleinen Pfosten nutzte, oder um beispielsweise Zaunpfähle und „Hüfeln"[5] zuzurichten.

Und im hinteren Teil der Werkstatt stand die vierspindelige Mostpresse. Oben und unten aus jeweils einem einzigen Stück.

Es mussten schwere Bäume gewesen sein, aus denen der Rahmen gefertigt wurde. Schön verziert mit Schnitzereien.

Von der Presse rann der frische Most durch ein Loch im Fußboden in den Keller und von dort in das zugehörige Fass.

Der alte Keller und die Werkstätte stehen nicht mehr. Heute haben dort die Pferde meiner Nichte eine neue Heimat gefunden.

Wieder zurück ins Haus. Im Vorraum die „Selch". Hier wurde Speck und Dörrobst produziert. Ich bin oft hineingekrochen. Von rauchgeschwärzten Holzstangen hingen die geselchten Specktrümmer herab. Mit einem Spagat angebunden. Vorrat für den Winter, leider viel zu oft erschöpftes Reservoir von köstlichem Bauerngeselchtem. Tiefschwarz und voller Ruß.

---

5 *Hüfeln: sind eigene Holzpfähle, die zum Heutrocknen auf den Wiesen aufgestellt wurden*

Heute weiß ich, dass das fürchterlich unge-
sund gewesen ist – krebserregend, impotent
machend, Verursacher von Haarausfall und
Nagelpilzfördernd. Wenn ich das nur früher
gewusst hätte, dann wäre ich wahrscheinlich
so gesund, dass ich nicht mehr leben würde.
So habe ich mit Genuss das ganze Gift in
mich hineingeschlungen und heute sitze ich
da – pumperlg'sund und mit einem gesegneten
Appetit ausgestattet. Und Haare habe ich auch
noch alle. Die sonstigen – angeblich negativen
Folgen – mögen andere beurteilen.

Im Herbst wurde die Selch als Dörrofen für
Birnen, Äpfel und Zwetschken gebraucht. Da
wurden dann hölzerne Rahmen eingeschoben
und das Dörrobst draufgelegt. Das ganze
Haus hat danach gerochen. Solche Gerüche
findest du heute nicht mehr.

Zum Befeuern wurden das ganze Jahr die
Sägespäne vom Holzschneiden gesammelt,
denn diese wurden dazu verwendet, um
Rauch zu erzeugen. Das Fleisch sollte keinesfalls verbrannt, sondern „geräuchert" werden
und daher hat man Sägespäne über das Feuer
gelegt, es damit abgestickt, um so den nötigen
Rauch zu erzeugen.

 Heute macht man das alles elektrisch. Inner-
halb von Stunden ist Fleisch in modernen

Öfen geselcht – es gibt dieses ungesunde schwarze Zeugs nicht mehr – dafür aber viel Antibiotika, das den Vorteil der Unsichtbar und Geschmacklosigkeit hat.

Bei uns dauerte das Selchen ein paar Tage und es war eine stimmungsvolle Zeit. Immer hatte man nachzuschauen, ob das Feuer ordentlich schwelte, manchmal nachlegen und auf keinen Fall eine zu starke Hitze entstehen lassen. Erfahrung und Gefühl waren ein praktikabler Ersatz für elektronische Steuerung mittels Thermostaten.

Überhaupt ging damals alles langsamer, bedächtiger. Aber trotzdem waren wir alle sehr produktiv. Warten – aufpassen – beobachten. So haben wir viel unserer Zeit verbracht.

Die Natur ist unser Lehrmeister gewesen – gegen die Natur konntest Du gar nichts machen.

Ich werde oft in kritischen Situationen für meine Ruhe und Gelassenheit bewundert. Wahrscheinlich habe ich mir diese dort angeeignet. Ob beim Warten vor der Selch, bei der oft stundenlangen Dreherei des Butterfassls, bei nächtlichen Stunden im Stall, wenn ich wusste, dass eine unserer Kühe zum Kalben war.

Es war eine Zeit, die mir große Sicherheit gegeben hat, dass sehr oft das Richtige passiert – wenn man es erwarten kann. Und ein Eingriff oft das Gegenteil bewirkt.

Erst viel später habe ich diese Gelassenheit verloren und bin der Hektik und Geschwindigkeit – des „überall sein zu müssen", sofort und auf der Stelle – zum Opfer gefallen. Der ständigen Präsenz und des „vorne dabei seins". Hat es mir geholfen? Eher nein.

Es hat mich einfach schneller an den Abgrund gebracht, in den ich dann auch prompt gestürzt bin. Aber das ist eine andere Geschichte.

Setzen wir unseren Rundgang fort.

Betrat man das Haus durch die Haustür, ging es links in eine Kammer – nichts Besonderes, einfach ein Zimmer, später dann Schlafzimmer und / oder Rumpelkammer. Ich erinnere mich gut daran, dann es war jener Raum, in dem ich den Schritt vom Buben zum Mann tat.

Rechts kam man in die Stube. Zwei Fenster, links die Küche. Im Anschluss an die Stube befand sich noch ein kleines Kabinett mit einem Fenster. Das wurde dann einmal mein „Jugendzimmer" – mein Vater war zu diesem Zeitpunkt schon nicht mehr am Leben und zum ersten Mal wurde der Fuchsgraben mit

Pink Floyd, Uriah Heep, T.Rex und mehr bekannt gemacht.

Ich war mordsmäßig stolz auf meine „Stereoanlage",einem Plattenspieler mit zwei Boxen. Da konnten wir Kinder dann schon richtig „Party" machen. Den Plattenspieler hat mir meine Mutter gekauft, als ich gerade vierzehn Jahre war. Wir sind extra nach Linz gefahren – in die Großstadt. Bei uns am Land gab es das nicht. Es war sicher nicht leicht für sie – denn Geld gab es in unserem Haus nur sehr wenig.

Meine Mutter musste immer was „dazuverdienen". Sie ging mindestens dreimal in der Woche in den Ort und hat sich als Abwäscherin in einem Gasthof einige Schillinge verdient.

Übrigens, wenn ich von „wir Kinder" spreche, so sind damit zwei Jungen und zwei Mädchen in meinem Alter gemeint, die mit mir im aufwuchsen, die „Jugend" im Fuchsgraben gestellt haben und die meine Begleiter und Begleiterinnen während dieser Zeit gewesen sind.

Großes Kino

„Ach, da wir gerade beim Geld verdienen sind – ich war auch nicht untätig. Willst Du wissen, wie ich mir ein paar Schillinge dazu verdient habe?"

Wir setzen uns auf die Bank vor dem Haus und lassen die ersten Strahlen der Frühlingssonne auf uns wirken. Es tut gut diese Wärme zu spüren. Die der Sonne von oben und die der Liebe von der Frau an meiner Seite.

„Ja, gerne", antwortet Eva.

Der Gasthof, in dem meine Mutter gearbeitet hat – gut bürgerlich, gediegen, seit Jahrhunderten im Eigentum der Besitzerfamilie, war das gastronomische und kulturelle Zentrum im Ort. Weniger für die Jugend, mehr für Honoratioren und Geschäftsleute des Ortes. Pfarrer und Doktor, Uhrmacher und Bürgermeister traf man dort immer zu bestimmten Zeiten an. Und auch der Notar aus der Bezirksstadt hat dort seine Amtsstunden abgehalten.

Eine gediegene Taverne und schon immer Station für Reisende zu jenen Zeiten als auf unseren Straßen die Postkutschen fuhren.

In dem Gasthof gab es einen Veranstaltungssaal für allerlei Festivitäten. Bälle, Feste, Hochzeiten und mehr.

Mehrmals in der Woche fand er als Kinosaal Verwendung. Zwei bis dreimal gab es Vorführungen. Und ich war in dieser Zeit „Chief Operator": Kinovorführer mit Zusatzverantwortung „Billeteur".

Diese Art von Kino ist kaum vergleichbar mit den heutigen Cinema-Tempeln. Nach Veranstaltungen war es erforderlich, den Saal erst mal zu bestuhlen, das heißt die Kinosessel in Reih und Glied aufzustellen. Die Sessel – klappbar – aus Holz waren in Sechsergruppen zusammengeschraubt. Sie lagerten in der kinofreien Zeit in einem anderen Teil des Hauses. Von dort haben wir sie geholt und mittels eines eigenen Systems aus Holz und Eisenstreben wurde dafür gesorgt, dass die Reihen fest im Boden verankert waren. Sonst wäre bald alles kreuz und quer gestanden, wenn sich die Besucher zu ihren Plätzen begaben.

Damals wurden die Filme in großen Rollen angeliefert – nichts Digitales, sondern echtes, altes Filmmaterial auf Celluloid. Hinter dem Saal, die Filmvorführerkabine.

Darinnen zwei große Vorführmaschinen. Mächtige schwarze Apparate mit Kohlebogenlampen, die dafür sorgten, dass der Film auf die Leinwand im Saal projiziert wurde. Der Strahl führte jeweils durch ein Loch der Wand, welches mit einer Klappe zu verschließen war. Abhängig von der Maschine, auf der die Filmspule ablief.

Ein Film wurde meist in vier oder fünf Rollen angeliefert. Vorsichtig auspacken, denn das Celluloid hat die blöde Eigenschaft, dass es sich schnell abwickelt. Die erste Rolle auf die Maschine gespannt, den Film durch ein ausgeklügeltes System von Zahnrädern und Rollen an der Linse vorbeigeführt.

Darunter die leere Rolle, die dafür sorgte, dass der abgelaufene Film wieder aufgewickelt wurde. Hast du da nicht ordentlich gearbeitet, kam es schon dazu, dass sich hunderte Meter Film wie ein Haufen von Schlangen am Boden kräuselten. Oder der Film abrupt stoppte und dann durchbrannte.

Zum Gaudium der Zuseher, die Flammen über die Leinwand flackern sahen, anstatt der Filmszenen. Hinter ihren Köpfen drang aus der Vorführerkabine kommend, leises Fluchen in den Saal. Zum Glück ist das nicht zu oft vorgekommen.

Kurz vor Start des Filmes wurden die Kohlen angewärmt, das Licht kam durch einen elektrischen Lichtbogen zustande – wie beim Schweißen. In der Lichtkammer wurden die Kohlenspitzen langsam aufeinander zugeführt bis der Zündfunke übergesprungen ist und der Lichtbogen mit lautem Knistern stabil stand. Das war während der Zeit der Vorführung immer zu justieren, sonst passierte es, dass der Lichtbogen abriss. Dann war es wieder zappenduster im Saal und die Leute haben gemurrt.

Meist ging alles gut und die ersten Bilder fielen auf die Leinwand. Wenn die erste Rolle durchlief, wurde die zweite Maschine auf den Start vorbereitet. Ein abendfüllender Film bestand aus 4 bis 5 Rollen und es war empfehlenswert, die Reihenfolge exakt einzuhalten.

Wenn man heute alte Filme im Fernsehen oder in Kinos sieht, da kann man zu gewissen Zeiten rechts oben kurz ein weißes Dreieck aufblitzen sehen und gleich darauf einen weißen Kreis. Das sind Signale für den Vorführer. Weißes Dreieck heißt „starte die zweite Maschine", weißer Kreis heißt „Überblenden". Erste Maschine verdunkelt, zweite Maschine „Licht an".

Für die Zuschauer wechselt nur die Szene. Sie merken nichts davon, der Operator schwitzt in seiner Kabine, damit er ja nicht die Signale übersieht.

Am Ende der Vorführung war das Zelluloid wieder auf die Originalrollen zu wickeln, um sie zum nächsten Spielort zu transportieren. Gab es Filmrisse, Brandstellen und andere Beschädigungen, so hatte man das fein säuberlich zu kleben. Es fehlten dann zwar einige Szenen, doch das fiel den Zusehern kaum auf.

Unter den Klängen von T.Rex und ähnlichen hämmernden Rhythmen verließen die Besucher den Saal. Arg verwundert wegen des Wechsels in der Musik – von stimmungsvoller „Geier-Wally" – Hintergrundschunkelei zu Heavy Metal.

Ein massiver Kulturschock. Aber wir – der Sohn des Kinobesitzers und ich, hatten unseren Spaß.

Wenn es keine Veranstaltung oder Kinovorführung gab, stand der Saal leer und wir nutzten ihn als „Spielplatz", weil ihn während der spielfreien Zeit kaum jemand betrat.

Die Bühne war durch einen dicken schweren Vorhang vom Rest des Saales getrennt.

Dahinter diffuses Licht und man hörte kaum andere Geräusche aus dem großen Anwesen. Nur leises Rauschen drang von der Straße herauf. Der ideale Ort, um Versteck zu spielen.

Und ich gestehe es mit roten Ohren. Hinter diesem Vorhang habe ich intensive Forschungsarbeit an der weiblichen Anatomie betrieben. Ja, die Neugier war schon immer ein treibender Faktor in meinem Leben.

Eva schüttet sich aus vor Lachen. „Du warst also wirklich ein Haderlump, so wie Deine Schwester es behauptet".

Na dann. Wenn es nur dabeigeblieben wäre.

Meine Großeltern

Mittlerweile sind Eva und ich wieder von der Hausbank aufgestanden und setzen unseren Rundgang im Haus fort. Die Stube, holzgetäfelt, eine Bank und ein großer Tisch, darüber der Herrgottswinkel. Wenn ich genau hinsehe, sehe ich darunter meinen Großvater sitzen. Gemütlich die Pfeife paffend, oder am Sonntag eine Virginier rauchend, das sind die langen dünnen Zigarren, die heute kaum mehr zu finden sind. Großmutter stand in der Zwischenzeit hinter dem imposanten Herd in der Küche und schob Töpfe und Pfannen über die schwere Ofenplatte zum Feuerloch.

Mein Großvater – so wie ich ihn Erinnerung habe, war damals schon über sechzig Jahre. Ein richtiger „Keuschler". Zaundürr, aber sehnig und ungemein kräftig. Sein ganzes Leben geprägt von der Arbeit und dem Kampf um das tägliche Überleben.

Tiefe Falten hat das harte Leben in sein Gesicht gegraben, den Humor hat er behalten, den verlor er zeitlebens nicht. Allerlei G'schichterl'n hat er mir immer wieder erzählt, begleitet von einem verschmitzten Lachen.

Aus seinem Mund hing eine lange gebogene Pfeife bis an die Brust, die sein ständiger Begleiter war.

Vierzig Jahre hat er mit seiner Frau hier gewohnt. Aus einer kleinen verfallenen Keusche ein gepflegtes Anwesen geschaffen.

Die große Wiese (zwei Hektar), die er in den fünfziger Jahren des vorigen Jahrhunderts vom Nachbarn gekauft hat, sich buchstäblich vom Mund abgespart. Nur um statt einer Kuh, dann drei zu haben. Trotz allem zum Sterben zu viel, zum Leben zu wenig.

Das bedeutete, ein zusätzliches Einkommen war erforderlich. Das verdiente er sich im Steinbruch, mehrere Kilometer vom Haus entfernt. „Zur Arbeit gehen" war in seinem Fall wörtlich zu nehmen. Jeden Tag, ausgenommen Sonntag, trat er gegen halb vier morgens den Weg an. Zwei Stunden Fußmarsch, um pünktlich um sechs Uhr Hammer und Meißel in die Hand zu nehmen und die Steine aus dem massiven Felsen zu schlagen, sie in transportfähige Größen zu zerlegen. Unfälle, nicht wenige davon endeten tödlich, gehörten zum Tagesgeschehen. Er hat alles schadlos überstanden.

Um vier Uhr nachmittags der Marsch nach Hause, dort weiterarbeiten. Im Sommer Heu für den Winter, im Herbst das Obst von den Bäumen ernten, Most und Schnaps brennen, im Winter als Binder die Fässer reparieren und erzeugen.

Dazu die tägliche Arbeit im Stall und mit dem Vieh. Am Morgen, im diffusen Licht des jungen Tages, das Grünfutter für das „Frühstück" der Kühe eingebracht. Dann in den Steinbruch und am Abend Heu einbringen, Stall misten, Arbeiten am Haus, bis in die späten Nachtstunden.

An seiner Seite meine Großmutter, die trotz ihrer zierlichen Gestalt ihren Mann unterstützte und alles zusammenhielt.

Einen neuen Stall hat er gebaut, einen großen Stadel. Schilling für Schilling (ach ja, das ist die Währung, die vor dem Euro da war, für alle, die sich nicht mehr erinnern) aufeinandergelegt. Mit Freude das „Sparbüch'l" am Sonntag auf den Tisch gelegt. Es war nie viel drauf – aber beide waren stolz und zufrieden, dass ihr „Häus'l" schuldenfrei war.

Solange ich mit meinen Eltern dorthin „nur" auf Besuch gekommen bin, hat meine Großmutter im Kabinett hinter der Stube „ihr gutes Zimmer" eingerichtet.

Unter den Wäschestapeln immer ein „Gutzi" für uns Kinder großes Tam-Tam bis sie damit herausgerückt ist. Der Geruch in diesem Zimmer: Kernseife, altes Holz, gestärkte Wäsche. Unvergleichlicher Duft nach Heimat und Geborgenheit, den ich glaube in manchen Stunden noch immer zu riechen.

Meine Großmutter. Sie war die „Managerin" und hatte alles im Griff. Sie war eine kleine Frau, doch ungemein zäh. Zweimal in der Woche ist sie in den Ort marschiert. An ihren Händen baumelnd die große schwarze Ledertasche, mehr ein Koffer, darin frische Butter, Milch, Speck. Zum Verkauf oder Tausch an den Bäcker und Fleischhauer.

Am Heimweg war dann die Tasche mit allerlei anderem gefüllt. Nägel, Schmierfett, Seife. Manchmal ein Stück Wurst und ein paar „Zuckerl'n" für uns Kinder.

Und das Sparbüch'l. Denn alles, was sie einnahm, hat sie sofort auf die „Kassa" getragen. Der „grüne Riese" war klarerweise in unserem Ort mit einer Geschäftsstelle vertreten.

Alle Böden im Haus waren aus dicken Holzbohlen gefertigt. Einmal in der Woche wurden die Böden ausgerieben. Mit einer groben Reißbürste, kniend, den Wasserkübel vor sich herschiebend hat meine Großmutter, später meine Mutter und ab und zu auch ich, den gesamten Schmutz und Dreck aus den Holzzwischenräumen heraus gerieben und gewaschen.

Mit Kernseife, Asche und Soda. Die Böden waren dann wieder sauber und hell doch die Hände haben gebrannt wie Feuer von der scharfen Lauge.

Ich habe sie dann eine Viertelstunde zur Abkühlung ins kalte Wasser gehalten. Damals kannten wir keine Haushaltshandschuhe oder Hautpflegemittel. Schweineschmalz und Rahm waren ein durchaus passabler Ersatz.

Das Herzstück des Hauses war die Küche. Denn dort stand der große Ofen – Kochstelle und Heizung zugleich. Wasserschiff, Backrohr und eine echte „Sonnenglut"Herdplatte. Das war zu der Zeit Luxus pur.

In der Stube sorgte ein gemauerter Kachelofen für wohlige Wärme an kalten Tagen. Er war mannshoch, gebaut aus grünen Ziegeln, die das Licht der Petroleumlampen widerspiegelten.

An der Decke über dem Ofen hing ein Holzgerüst, auf dem Wäsche getrocknet wurde. Großvaters Stiefel hatten dort ebenfalls ihren Platz, wenn sie von den Märschen durch Regen und Schnee vor Nässe strotzten.

Im Feuerloch prasselte das Holz und spendete wohlige Wärme in Stube und Kammer. Das Brennholz hat Großvater jedes Jahr aus dem Wald geholt und es in handliche Scheite geschnitten und gehackt. Reisig zum Unterzünden zu machen, war „Frauenarbeit".

Großmutter stand, wenn immer möglich bei ihrem kleinen Hackstock, nahm sich jedes noch so kleine Zweiglein vor, welches sie unter Obstbäumen oder im Wald fand, hackte es klein und band daraus kleine Bündel, die hinter dem Herd lagerten. Immer wenn es an das Feuermachen ging, nahm sie eines davon, gab es in das Feuerloch, hielt den Docht einer Kerze daran und bald prasselte ein lustiges Feuer im Ofen oder Herd. Dann erst kamen die großen Scheite dran.

Der elektrische Strom wurde zwar bereits 1960 eingeleitet, allerdings fand er nur Verwendung für den Elektromotor dem Allrounder, der Kreissäge, Seilwinde und Jauchepumpe antrieb.

Für die Beleuchtung der Wohnräume war Strom zu teuer, wie meine Großmutter vehement betonte. Petroleumlampen waren das Leuchtmittel in den Wohnräumen zu ebener Erde, im Obergeschoß blieb es finster.

Der ganze erste Stock war aus Holz gebaut und die Gefahr eines Brandes war zu hoch.

Aber die Wege waren bekannt und man ging ohnehin im Dämmerlicht des Abends „mit den Hühnern" schlafen und stand auf, wenn sich der graue Schein des Morgens über das Tal breitete.

Ich habe diese Lampen geliebt. Sie bestanden aus einem Glasgefäß mit dem Petroleum, dem Docht, der es aufsaugte und darüber der Glaszylinder. Mit einem kleinen Rad an der Seite konnte man den Docht raus oder reindrehen und so die Lichtstärke justieren.

Ein kleiner Metallspiegel an der Seite angebracht, verstärkte den Lichtschein und man konnte sogar ein Buch lesen, wenn man nahe genug an die Lampe heranrückte.

Mir war es leider nicht vergönnt viel Zeit mit meinen Großeltern zu verbringen. Als meine Eltern noch nicht dort wohnten, fuhren wir nur einmal im Jahr in den Fuchsgraben.

Es galt eine Entfernung von rund 50 Km zu überwinden und Auto war ein Luxus, den wir uns nicht leisten konnten. So blieben nur Autobus und Bahn. Im Ort angekommen der Aufstieg zu Fuß den Berg hinan. Mein

Vater hat für diesen Weg oft zwei Tage gebracht, lagen doch vier Wirtshäuser am Weg, in denen überall seine Freunde saßen. Mich hatte er meist mit dabei und ich durfte dann in einem der Gästezimmer schlafen, wenn ich schon gar müde war.

An vielen Wochenenden haben wir die Keusche unserer Großeltern gar nicht erreicht. Meine Mutter hat uns Sonntag abends abgeholt und wir sind nach Hause gefahren.

In der Zeit des zweiten Weltkrieges flüchteten viele Städter in den beschaulichen Ort, um den Bombardierungen und Zerstörungen zu entgehen. Die Bezirksstadt hatte als Waffenschmiede einen hohen strategischen Wert und die Kriegsparteien luden Tag für Tag ihre tödliche Fracht ab.

Damals stand bei meinen Großeltern ein stattlicher Mann vor der Tür und bat um Aufnahme für einige Wochen. Er war gelernter Schlosser, ein geschickter Bursche und hat sich den Aufenthalt mit Reparaturen und Hilfsarbeiten verdient.

Das war mein Vater, denn bei seinem Aufenthalt hat er sich in meine Mutter verliebt, sie geheiratet und beide suchten sich nach dem Krieg wieder ein neues Zuhause in der Nähe Stadt.

Mein Vater arbeitete weiterhin in den Stahlwerken und meine Mutter verdingte sich als Melkerin bei den Bauern in der Nachbarschaft.

Viel später übernahmen meinen Eltern das „Häusel" und führten die Wirtschaft weiter, während meine Großeltern ins „Ausgedinge" gingen und sich eine „altersgerechte" Wohnung im Ort suchten.

So geschah es, dass ich mit 8 Jahren in den Fuchsgraben kam und eine wundervolle Jugend verbringen durfte.

Mittn'drin - und trotzdem voll daneben

Die Suite im Oberstock

In der Küche links hinten die Tür ins „Brunnhaus" und daneben die Treppe – mehr eine Leiter – auf den Boden, ins erste Stockwerk.

Dort oben war meine „Kammer" – mein Schlafzimmer, das ich mit meiner Mutter geteilt habe. Meine Eltern hatten eine – sagen wir mal „konfliktträchtige" Beziehung. Ich erinnere mich nicht, dass die beiden einmal gemeinsam in einem Bett geschlafen hätten. Offenbar hatten sie das nicht mehr notwendig. Weitere Kinder standen nicht am Plan. Ich war „das Letzte", wie mein Vater nicht müde wurde zu betonen.

Meine „Kammer", das einzige Zimmer, das verputzt und ausgemalt war. Die Tür aus groben Holzbohlen gefertigt, die zwei Fenster nichts als dünne Holzrahmen mit Glasscheiben. Von Isolierung keine Spur. Der Verputz auf Schilf aufgebracht, dahinter ein Holzverschlag. Der Boden gar gehobelt und eingelassen.

Zwei uralte Betten links und rechts des Fensters. Durchgelegene Matratzen, dünne Tuchent, teilweise mit Stroh gefüllt.

Im Sommer in Ordnung, aber im Winter war es nur wenig wärmer als draußen.

Durch die undichten Fenster kam der Schnee herein und legte sich glitzernd auf die Tuchent. Am Abend und am Morgen genauso.

Am Weg zu meinem Refugium war es arg kalt, denn das übrige Haus bestand nur aus einer Holzverschalung und durch die Ritzen sah man ins Freie. In der Kammer selbst gab es sogar elektrischen Strom. Die Drähte waren offen auf der Wand und der Decke verlegt. Eine Glühbirne spendete Licht und ein wenig Wärme.

Im Winter habe ich mir immer einen Ziegelstein mit ins Bett genommen. Der wurde zuvor ins Ofenrohr geschoben, bis er heiß war, dann in Decken gewickelt und unter die Tuchent gelegt. Da waren zumindest die Füße warm. Und wenn ich mich fest bis über den Kopf eingewickelt habe, lag ich in einer passablen Höhle, in der es sich selbst bei eisigen Temperaturen aushalten ließ. Und das mir jetzt keiner auf die Idee kommt zu fragen: „… und wie wurde die Kammer geheizt?"

Das morgendliche Erwachen eine Tortur. Speziell im Winter.

Ich bin immer flott aus dem Bett gesprungen, rasch rausgelaufen und die Stiege runter. Dort war der Ofen längst in Betrieb, heimeliges Feuer knisterte und spendete wohlige Wärme.

Aus dem Stall stiegen die Laute der Tiere bis in die Küche, das Stampfen und Muhen der Kühe, die Kaugeräusche. Alles zusammen Heimat, die ich in späteren Jahren so sehr vermisst habe.

Meine Mutter war schon im Stall, der Geruch der frischen Milch, aber ebenso die Ausdünstungen der Tiere ließen ein unvergleichliches Duftaroma entstehen.

Im Ofen prasselte das Feuer, die Ofenplatte strahlte gemütliche Wärme aus. Das hatte schon was. Die morgendliche Toilette war auf ein Minimum beschränkt. Wir hatten nur eiskaltes Wasser aus dem „Grander". Brrrr – mit Todesverachtung die Augen ausgewaschen und schnell ins G'wand.

Mittn'drin - und trotzdem voll daneben

Das schwarze Gold

Unsere Toilette, ein Plumpsklo in der Holz-
hütte, nur von außen oder durch den Stall
erreichbar. Nix „Water Closet". Fließendes
Wasser war für die Kühe und Schweine reser-
viert (zum Trinken).

Ein Verschlag, ein Holzbrett, darin ein Loch
so groß, dass gerade mal jenes Körperteil, das
für die menschliche Notdurft vorgesehen ist,
hineingepasst hat. Sowohl von Erwachsenen
wie von Kindern. Von unten kam frische Luft,
weil darunter nur eine Grube war, die das von
den Kühen und von den Menschen Abgege-
bene aufgenommen hat.

Für die Reinigung nach dem Geschäft fein
säuberlich zerschnittene Zeitungen: Bildung
durch den Hintereingang. Waren die einmal nicht zur Hand, wurde Stroh oder Laub
genauso genommen.

Alles, was leicht und schnell verrottete, fand
hier seine endgültige Bestimmung. Mehrmals
im Jahr wurde die Grube ausgepumpt, enthielt
sie doch das „schwarze Gold der Bauern",
kostbaren Dünger für Wiesen und Gärten.

Ja, richtig gelesen – unser Salat und das andere
Gemüse wurden damit gedüngt.

Dazu hatte meine Mutter ein großes Fass, in das füllte sie die entsprechende Menge dieser Jauche ein. Mit einem eigentümlichen Schöpfwerkzeug.

An einer langen Holzstange war ein Stahlhelm aus dem Krieg befestigt und mit diesem schöpfte meine Mutter den „Odl" in ihr Fass und brachte diesen säuberlich auf unser Gemüse im Garten aus. Manchmal war der Verrottungsprozess zu wenig weit fortgeschritten, das Zeitungspapier hatte sich noch nicht vollständig aufgelöst. Macht aber nichts. So kamen unsere „Salathäupeln" ebenfalls in den Genuss einer gewissen Bildung.

Wenn es so weit war, die „Odl-Gruabm" zu leeren, hatte eine elektrisch betriebene Pumpe ihren großen Tag. Zuerst allerdings galt es die „Odl-Rohre" und Schläuche in mühsamer Handarbeit auszulegen. Alle 4 Monate war ein anderes Stück Wiese an der Reihe.

Die Rohre, jedes zweieinhalb Meter lang, und etwa zehn Zentimeter dick, wurden aneinandergekoppelt. Die Schläuche, dickes schweres Plastik, bis zum Ort der „Segnung" ausgerollt.

Entfernungen von einigen hundert Metern waren zu überwinden, denn die Wiesen lagen weitab vom Haus.

Als Letztes der Anschluss an die Pumpe, es ging los. Saugrohr befüllen, Motor anwerfen und lauschen, ob sich das Geräusch veränderte.

Ein gutes Zeichen, wenn das der Fall war, die Prozedur brauchte nicht wiederholt zu werden.

Nun galt es die Füße in die Hand zu nehmen, hurtig über Stock und Stein zum Ende der Leitung laufen, denn dort schoss das „nasse Gold" mit hohem Druck aus dem Strahlrohr. Und jeder der schon einmal einen Gartenschlauch gesehen hat, aus dem Wasser in hohem Druck spritzt, kann sich vorstellen, dass dieses Endstück munter herumgetanzt ist. Nur kommt dort kein sauberes Wasser raus – sondern stinkende Brühe, genannt „Odl" – das schwarze Gold der Landwirte.

Dann fang das Glumpert mal ein. Mehr als einmal war ich von oben bis unten nass. Ich brauche nicht zu erklären, wie ich ausgesehen und gestunken habe. Und wenn ich Pech hatte, hat sich die Pumpe wieder verlegt. Dann schnell wieder rauf zum Haus – die gleiche Schinderei von vorn.

Aber am Ende war alles prachtvoll auf den Wiesen verteilt.

Die Schläuche und Rohre wieder eingeholt, fein säuberlich ausgewaschen und bis zum nächsten Mal ordentlich verstaut. Denn das alles hat eine Menge Geld gekostet und wir hatten aufzupassen, dass nichts zu Schaden kam.

Vielleicht fragen Sie sich, ob ich denn immer alles allein erledigen musste. So könnte man es meinen Beschreibungen entnehmen. Nein – nicht immer. Aber sehr oft, denn meine Mutter ging ja an mindestens drei Tagen in der Woche zum Arbeiten in den Ort. Mein Vater war invalide und sein Zutun – zumindest in jenen Zeiten, wo es seine Krankheit zuließ – war auf das Geben von Anweisungen und das Nörgeln und Tadeln beschränkt.

So aufzuwachsen war für mich „normal". Ich kannte es nicht anders und ich litt deshalb nicht an einem Mangel. Ich war kaum krank, entwickelte eine ausgezeichnete Konstitution und eine Menge Kraft – heute brauchen wir Fitnessstudios und Anabolika, um jene Muskeln aufzubauen, die mir das tägliche Leben auf unserer „Keusche" als Zugabe verpasst hat.

Der Mangel ist erst viel später gekommen. Erst weit jenseits der Dreißiger hatte ich das Gefühl, ich müsste alles kompensieren, was ich in der Jugend – angeblich – versäumt hatte. Ich habe meine Jugend verleugnet, habe meine Wurzeln ganz tief vergraben, mich sogar ihrer geschämt.

Das hat mir nicht wirklich Glück gebracht. Im Gegenteil. Als ich innerlich merkte, dass die Kompensation durch immer mehr nicht funktionierte, probierte ich vieles aus. Alkohol, Sex, leichte Drogen – alles im Übermaß. Da war ich dann nicht mehr „Mitt'n drin", sondern tatsächlich voll daneben.

Mittn'drin - und trotzdem voll daneben

Das Wort mit fünf „Ö"

… oder wie Öltiegeldeckel auf Oberösterreichisch klingt.

Kurz nachdem wir bei meiner Schwester eingetroffen sind, sagt Eva zu mir: „Deine Sprache hat sich verändert, Du hast einen anderen Slang, oder täusche ich mich?"

„Nein, Du täuscht Dich nicht. Immer wenn ich zurückkomme, falle ich schnell in den oberösterreichischen Dialekt. Und Du wirst damit noch viel Freude haben."

Das „Oberösterreichische" hat ein paar Eigenheiten, die diesen Dialekt so liebenswürdig machen. Zuerst einmal das sogenannte „Ö". Es wird manchmal kurz, manchmal lang gesprochen. Es hört sich nicht wie ein reines „Ö" an, sondern eher wie „Ööii".

Es wird vor allem bei Wörtern mit „el" am Ende verwendet. Ein solches Wort – nehmen wir als Beispiel das Wort Deckel, hört sich dann an wie „Decköii". Das ist die Stufe Eins.

In der Stufe zwei wird das „Ö" auch statt einem „e" gesprochen, dort aber eher kurz. Im obigen Beispiel daher „Döcköii".

Ausnahme ist nur wenn das „E" am Anfang steht, wie bei Erdapfel.

Das spricht man in der Einzahl „Erdoapföi", in der Mehrzahl „Erdöpfi". Eigentlich gar nicht kompliziert, oder?

Eva verdreht die Augen „Ö", „öiii. Wer soll sich das auskennen? Das versteht kein Mensch!"

„Halb so schlimm, Du wirst das bald intus haben. Ein wenig Übung und Du sprichst perfekt oberösterreichisch. Es ist nämlich eine sehr melodische Sprache. Und die liegt dir sicherlich."

Mein Großvater hatte für Menschen, die im nicht wirklich in den Kram passten, eine Bezeichnung, die so lautete: „Du bist und bleibst a Koachöi".

Eva: „Ein was …?"

„Ein Koachöi."

Das Wort leitet sich wahrscheinlich von „Kachel" ab, bezeichnet eine Fliese, Platte oder ähnliches, also etwas, das eher unnütz herumliegt oder hängt. Daher ist jeder mit einer ähnlichen Verhaltensweise ein „Koachöi". Zu nichts zu gebrauchen als zum Abwischen.

Eva: „Na dann…" – und schaut mich amüsiert dabei an. Ich will gar nicht wissen, was jetzt in Ihrem Kopf vorgeht.

Damit haben wir eine neue Eigenheit des Dialektes.

Ein „a" wird als „oa" gesprochen, der Mund formt sich dabei runder als bei einem korrekt gesprochenem „A" und dadurch wird der Laut runder und weicher.

Und dann noch das „B". Es wird durch ein „W" ersetzt. Und so wird zum Beispiel „aber" zu „oawa".

Wir gehen zum Nachbarn hinüber – „mir gegan zum Noaboarn umi" oder der „Noaboar kimmt umma", wenn es umgekehrt läuft.

Bei uns natürlich mehr „auffi" und „oawe" – wegen der Berglage.

Eva: „Werde ich nie begreifen!"

„Jetzt kommt die Reifeprüfung, quasi die Matura in oberösterreichisch", sage ich zu Eva.

Meines Wissens, ist dieser Dialekt der Einzige, der ein Wort mit fünf „Ö" beinhaltet.

„Fünf Ö. So ein Blödsinn. Was soll denn das sein?" Eva dreht sich lachend zu meiner Schwester um. „Kennst Du das Wort?"

Die lächelt nur verschmitzt, denn sie ahnt was jetzt kommt.

„Ötögöidököi"

„Was…?"

„Ötögöidököi"

„Ist das finnisch, russisch oder sonst was?". Eva krümmt sich vor Lachen und versucht es nachzusprechen. Das klingt dann ungefähr so: „ööötegödocköiiiiii". Dabei kommt ihr ungarischer Sprachstamm zum Tragen. Das „öiiiiii" am Ende klingt ganz entzückend und ist einer Czardasfürstin würdig – aber oberösterreichisch ist es nicht.

„Da musst du noch viel üben, liebe Eva. Sprich mir nach Ötögöidököi"

„ööötegödocköiiiiii … ötögidökiköiii … döckitögeliii …. Itködeköli … das kann ich niemals. Wie heißt das Wort wirklich?"

„Ganz einfach meine Liebe. Das Wort bezeichnet einen ÖlTiegelDeckel"

„So ein Blödsinn.". Eva ist frustriert. „Und wie kommt es dann zu ööötikidakö oder so…?"

„In konsequenter Anwendung der oberösterreichischen Sprachregeln so:

Öl = Ö (1 Ö)

Tigel = Tögöi (weitere 2 Ö)

Deckel = Dököi (nochmals 2 Ö)

Das macht summa summarum fünf Ö!"

„….."

Mittlerweile sind einige Wochen vergangen und zu allen passenden und auch unpassenden Gelegenheiten schallt es durch Wohnzimmer, Büro und Schlafzimmer „ööötegödocköiiiii … ötögidököiii … döckitögeliii …. Itkö-deköli". Aber auch „Bist a koachiii, kachiöl, kachel." Eva bemüht sich fleißig. Und manchmal im Auto, wenn wieder ein unaufmerksamer Zeitgenosse uns behindert, schallt es von der Beifahrerseite: „Des is a Koachö…" Und dann denke ich: „Mein Gott, jetzt hat sie's, jetzt hat sie's!" Und fühle mich wie Professor Higgins in My fair Lady.

Bis dann „ööötegödocköiiiii … ötögidökiköiii … döckitögeliii …. Itködeköli" erklingt. Und ich erkenne, wir haben noch viel zu tun.

Wo das Wasser herkam

Vertieft in unsere Sprachübungen sind wir mittlerweile beim „Brunnhaus" – heute ein modernes Badezimmer – angekommen und Eva fragt mich: „Wo kam denn bei Euch das Wasser her?" Ausgezeichnete Frage.

Das Wasser kam aus der Leitung.

„Also Liebling, das ist so", sagte ich darauf. „Du darfst nicht annehmen, dass es bei uns so zugegangen ist, wie in einem Mietshaus in der Stadt oder einem anderen vergleichbaren Wohnsitz", versuchte ich zu erklären.

„Bei uns kam das Wasser zwar aus einer Leitung. Jedoch nicht aus Rohren, wie Du sie vielleicht kennst, sondern aus einer aus Holz geschnitzten Röhre, die rund 300 m bergan in einen kleinen Tümpel mündete und von dort rann das Wasser teils oberirdisch, teils unterirdisch ins Haus."

Diese Holzröhren hat mein Großvater von Hand gefertigt. Dazu ist er, wenn Zeit war, in den Wald gegangen und hat sich einige jüngere Bäume mit geradem Wuchs ausgesucht. Die hat er dann gefällt, entastet und entrindet.

Alles in Handarbeit.

Dann kamen die Stämme, jeder ca. 2 M lang, auf 2 Böcke, zwei Pfosten als Unterlage, damit sie nicht durchhingen. Zuerst wurde mit einer Schnur der Mittelpunkt am oberen und unteren Ende des entrindeten Stammes vermessen. Ein Bohrer, Eigenkonstruktion meines Großvaters, kam zum Einsatz. Er war Binder und hatte großes Geschick Werkzeuge zu fertigen.

Dann hob das Bohren an. Langsam und mit Augenmaß wurde das lange Eisen ins Holz gedreht. Mehrmals justiert, öfters rausgezogen, damit die Holzspäne, die der Bohrer herausschnitt, das entstehende Loch nicht verstopften.

Dabei hatte mein Großvater seine Pfeife im Mund. Sie war gebogen und hing ihm fast bis vor die Brust. Der Rauchraum war mit einem Deckel zu verschließen. „Wengan Towak . der follt sunst aussa", erklärt er. Gestopft, das heißt mit Tabak nachgefüllt, hat er die Pfeife aus dem Tabaksbeutel.

Der hing an seinem Gürtel, war ca. eine Männerfaust groß und war aus einer „Saublodern " gefertigt.

Oben war der Beutel mit einem Schnürl zugebunden und damit am Gürtel befestigt.

Etwa drei Tage hat mein Großvater gearbeitet. Dann war die Röhre fertig.

Es grenzte für mich an ein Wunder, dass der Bohrer nach einigen Metern genauso mittig am anderen Ende rausgekommen ist und es möglich war, im wahrsten Sinne „durch die Röhre zu schauen".

Rund 100 solcher „Brunnrehrn" waren für unsere Wasserleitung erforderlich. Sie wurde aber nicht am Stück errichtet. Vieles davon lag schon seit Jahrzehnten unter und ober der Erde. Aber es waren im Laufe eines Jahres circa 3 bis 4 Röhren auszutauschen, denn Wasser, nasser Boden und Wettereinflüsse ließen sie vor der Zeit vermodern. Vor dem Verlegen wurden sie zwar mit Feuer „abgebrannt", um sie für längere Zeit vor dem Verrotten zu bewahren. In den folgenden Jahren wurden die Röhren durch einen Plastikschlauch ersetzt.

Im Haus selbst mündete diese Wasserleitung in den Grander . Ein Betonbecken, etwa 2 m lang und 1 m hoch, geteilt in zwei Becken. Eines, das Kleinere, um das Wasser aufzufangen, und wie ein Vorfilter dienend. Von diesem floss das Wasser in das größere Becken, das dann die Funktion eines Kühlschranks hatte. Butter, Milch und Rahm wurden darin gekühlt. Das überschüssige Wasser ist abgeronnen. In diesem Grander stand das Wasser fast immer einen Meter hoch.

Eine Holzröhre hat den Wasserstand geregelt. Erst wenn dieser über den „Granderstopel" stieg, ist es abgeflossen. Wirkungsvolle Improvisation.

Das war unser fließendes Wasser, ein Abdrehen war nicht möglich, es ist Tag und Nacht geronnen. Im Winter war es verdammt kalt, im Sommer dagegen erfrischend kühl.

Ein oder zweimal im Monat wurde der Grander geleert. Da die Wände aus Stein waren, haben sich Moose und Flechten angelegt, die putzten wir dann mit Reißbüsten weg, bis der blanke Stein zum Vorschein kam.

Manchmal hatten sich Viecher eingenistet, die das Becken krabbelnd und schwimmend durch den Abfluss verließen.

Das Wasser aus dem Überlauf lief unter dem Küchenboden durch, von dort weiter unter dem Hühnergatter, bis in den Stall. Von dort floss es in den talwärts sprudelnden Bach und trat die Reise zum Grander des Nachbarn an.

Die sogenannte „Quelle", die Wasserversorgung unseres Hauses.

Eine vermoderte Quellfassung auf dem Grund des Nachbarn. Etwa 300 Meter oberhalb des Hauses.

Das Wasser der Quelle wurde in einem improvisierten Becken aus Steinen und Holz gespeichert, etwa zwanzig Zentimeter unterhalb der Wassergrenze mündete die Röhre vom Haus in die Quellfassung und so kam das Wasser in unser Haus. Mitten im Wald, vermodert, mit morschen Brettern zugedeckt.

Man stelle sich vor, dass in den Tümpel allerlei Getier gefallen ist. Würmer, Asseln, Vögel, Schlangen.

Wenn diese Besucher groß genug waren, kamen sie allein wieder heraus.

Waren sie kleiner, zog sie der Sog in die Röhre und sie landeten in unserem Fließwasserbecken. Manchmal waren kleine Schlangen dabei, die sich dann hurtig mittels des Abflusses in freundlichere Gefilde begaben. Ab und an blieb eine davon hängen und badete unbeschwert und vergnügt im frischen und klaren Wasser. Wir haben das Wasser fast immer direkt aus der Leitung getrunken.

In unserer Gegend wurde nur rein „Bio" gedüngt, mit Jauche und Mist aus dem eigenen Stall. Kunstdünger verwendeten nur die „Körndlbauern", die Felder mit Getreide bewirtschafteten.

In der exponierten Lage des Fuchsgrabens und dem steilen Gelände war dies nicht möglich. So fielen wir in die Kategorie der „Hörndlbauern", deren Geschäftsmodell auf Viehwirtschaft basierte.

Nitrat und alle anderen heute so viel zitierten Stoffe gab es deshalb in unserem Wasser nicht. Wenn der Bauer, auf dessen Grund die Quelle lag, die Jauche auf die Wiese ausbrachte, hat unser Wasser tageweise ein wenig gestunken. Doch wir hatten Milch als Ersatz und mein Großvater gönnte sich täglich einen ordentlichen Schluck vom „Zwetschgernern" zum Desinfizieren.

Blöd war das, wenn frische Buttermodel im Granderwasser schwammen. Die hatten wir dann schnellstens auszufischen und darauf zu achten, dass sie nicht diesen typischen Landgeruch annahmen, waren sie doch zum Verkauf vorgesehen.

Jene die das hie lesen und den Butter meiner Mutter gekauft haben mögen mir glauben. Den „stinkerten" Butter haben wir immer selbst gegessen.

Mutter und Großmutter haben uns Kindern immer eingeschärft, beim Wassertrinken genau zu schauen.

Meist habe ich das Wasser mit hohlen Händen aufgefangen und getrunken, ein Glas schien mir ein Luxus.

Aber genau geschaut habe ich. Ob nicht vielleicht ein Viecherl drin schwimmt. Angst hatte ich vor allem vor dem „Bandlwurm", der laut Mutter nur wie ein kleines Punkterl im Wasser aussieht, aber im Magen und Darm zu einem Wurm heranwächst, der alles frisst, was du selbst gegessen hast.

Und dann muss man bei lebendigem Leib verhungern, weil einem der Bandwurm alles wegfrisst.

Davor hatte ich großen Respekt. Darum habe ich immer geschaut, ob da in dem klaren Wasser in meinen Händen kein kleiner Bandwurm schwimmt. Gott sei Dank kam es nicht oft vor, dass ich das Wasser deswegen weggeschüttet habe.

Eva schüttelt sich „Bandlwurm, Schlangen, Mäuse und mehr im Wasser. Das ist wie im Dschungelcamp!"

Ich gebe Ihr Recht. „Allerdings das Dschungelcamp läuft unter kontrollierten Verhältnissen ab. Wir haben jeden Tag neue Überraschungen erlebt. Und das war ganz natürlich für uns.

Improvisieren, sich schnell auf Neues einstellen. Das habe ich schon als kleiner Bub gelernt. Und das hat mir in vielen späteren Situationen sehr geholfen."

Rechts ging es runter in den Stall. Nachdem das Haus auf einer schiefen Ebene steht und die Wohnräume oben lagen, ging es in den Stall hinab. Sieben Stufen bis zur Stalltür, links neben den Stufen waren die Verschläge für unsere Hühner. Bis zu 10 Stück fanden darin Platz, inkl. Hahn.

In den Sommermonaten wurde erst später eingeheizt, da war es ohnehin nicht kalt. Meist fing die Stallarbeit um fünf oder sechs Uhr abends an, davor wurden noch einige Hausarbeiten erledigt. Wir kannten damals noch nicht Sommer und Winterzeit. Unsere Orientierung war die aufgehende Sonne und der Hunger unserer Kühe.

Aus dem Stall hörte man das beruhigende Wiederkäuen der Kühe, ein eigenartiges Geräusch, wenn drei oder vier Kühe im Takt ihr Futter kauen. Wir hatten meistens zwei Schweine im Stall, die erst auf sich aufmerksam machten, wenn die Zeit zum Melken kam. Dann haben sie lautstark ihr Recht auf Futter eingefordert.

Klingt alles komplett idyllisch. Ist es auch. Nur wenn man so aufwächst, hat man für diese Art von Idylle keinen Blick und keinen Zugang. Im Rückblick bin ich dankbar, dass ich so und nicht anders aufwachsen durfte.

Wie aus der Milch Butter wurde

„Also ich kann mir das sehr romantisch vorstellen. Alle die Buttermodel, verziert mit Blumen. Sie schwimmen friedlich im Wasser. Es plätschert, ist kühl und ruhig. Einfach schön." Mit leuchtenden Augen beschreibt mir Eva ihr Bild.

„Romantisch? Friedlich?" Ich kann mir das Lachen nicht verkneifen. „Klar. Zwei bis drei Tage. Das ist Romantik pur. Aber lebe mal so, wie wir gelebt haben. Da fährt dir diese Romantik im hohen Bogen beim Kopf hinaus."

Unser Vorteil war: Wir kannten es nicht anders. Wir wussten nicht, dass es draußen in der Welt Badewannen und Duschen gab, dass warmes Wasser nicht erst mühsam im Kessel aufzuheizen war, sondern aus einem Hahn mit rotem Punkt kam. Wir empfanden keinen Verlust.

Verwandte von mir hatten in der nahen Stadt eine Wohnung. Die war für damalige Verhältnisse „hypermodern".

Einmal im Jahr war es mir vergönnt dort ein paar Tage „Urlaub" zu verbringen.

Samstags war immer Badetag und ich hatte die einmalige Gelegenheit, in die Wanne zu steigen, die sich mit warmem Wasser aus der Leitung füllte.

„Aber Du wolltest wissen, wie aus der Milch die Butter wurde."

„Genau, wie ist das gegangen?", fragt Eva, um ihren Wissensdurst zu stillen.

Grundstoff der Butter ist Milch. Und die kommt von den Kühen und deshalb fang ich hier mit meiner Erzählung an. Unser Kuhstall war klein. Wir hatten Platz für vier Kühe. Gleichzeitig waren im Kuhstall zwei Schweinegatter und ein kleiner Kälberstall. Dort hinein wurden die neugeborenen Kälber gebracht, damit sie zwischen den großen Kühen keinen Schaden erlitten. Im Kälberstall blieben sie dann, bis sie groß genug für den Verkauf waren oder wir sie selbst schlachteten.

„Ein Kalb schlachten?", große Augen – Entsetzen. Eva „is not amused".

„Bei uns kam das Kalbfleisch aus dem eigenen Stall und nicht aus der Gefriertruhe im Supermarkt. Und einige Kälber wurden geschlachtet, die anderen dem Schlachter verkauft.

Wir haben das Geld gebraucht und hätten auch keinen Platz für eine zusätzliche Kuh gehabt – wenn das Kalb weiblich war."

Unser Kuhbestand war schwankend. In guten Zeiten vier, meist aber nur drei Kühe. Ganz nach dem Motto „zum Sterben zu viel, zum Leben zu wenig". Daher musste meine Mutter Butter, Rahm und die Kälber verkaufen, damit wir Geld zum Leben hatten.

Sommer wie Winter wurden gegen sechs Uhr früh die Kühe quirlig. Da standen sie schon in ihrem Gatter und wenn bis halb sieben kein Futter da war, wurde es im Stall laut. Tiefes Muhen und Brummen, war das Zeichen, dass die Zeit zum Frühstück gekommen war. Von Frühjahr bis Herbst bekamen sie frisches Grünfutter, welches jeden Tag am Vorabend gemäht und im Stall gelagert wurde, serviert. Im Winter kredenzten wir Heu, das im Sommer von den Wiesen eingebracht und im Stadel oberhalb des Kuhstalles zu einem großmächtigen Heustock aufgeschichtet worden war.

„Vom Heuen und Grünfutter machen werde ich Dir noch einiges erzählen."

Die Schweine sind erst gegen sieben Uhr aufgewacht, wenn sie gemerkt haben, dass gemolken wird und sie den Geruch der frischen Milch in die Nase bekommen haben.

Wir hatten meist zwei bis drei Säue, deren Leben unweigerlich durch das Schlachtermesser endete, wenn sie das richtige Gewicht erreicht hatten.

Diese Stunden am Morgen habe ich geliebt und genossen. Aus dem Stall drang das Mahlen der Kiefer unserer Kühe bis in die Küche, das Muhen, das ungeduldige Stampfen. Es war eine beruhigende Symphonie, an deren Rhythmus wir unschwer erkannten, ob alle unsere Schützlinge frohen Mutes waren. Außer dem Umstand, dass sie Hunger hatten. Schon feinste Misstöne bei diesem morgendlichen Konzert gaben Anlass eilig die Stufen in den Stall runterzulaufen und nachzusehen, ob irgendein Problem vorlag, das rasches Reagieren erforderte.

Wie es der Anstand gebietet, habe ich die Damen Kühe mit einem freundlichen Morgengruß bedacht, wenn ich in ihre Stube kam, um ihnen das Frühstück in Form von frischem Gras oder duftendem Heu zu kredenzen.

Das erste Gatter gehörte der Vroni, einer prächtigen und bestens gebauten Montafonerin.

Auf mein „Guten Morgen Vroni, wie geht es heute?", hat sie den schweren Kopf gehoben mit den Ketten gerasselt und tiefschwarzen

Augen angeblickt. „Frag nicht lange, her mit Futter, dann geht es mir gleich gut". So oder ähnlich mögen ihre Gedanken im Kopf gekreist sein. Deshalb beeilte ich mich und sie bekam ihr Frühstück, über das sie sich gleich mit Freude hermachte, nicht ohne einen prüfenden Seitenblick auf die Nachbarin, der Liesl zu werfen.

Liesl – die nächste in der Reihe, war ein Fleckvieh, ein wenig kleiner wie Vroni, aber eine überaus brave Milchkuh. „Liesl, alles in Ordnung heute?". Sie nickt, „Klar doch, aber ich muss aufpassen, dass mir das schwarze Trumm neben mir nicht alles wegfrisst!"

Dann die Letzte in der Reihe: Meine Barbara. Eine eher kleine Kuh, mit hellem Fell, das mit weißen Flecken durchsetzt war. Eine brave und genügsame Kuh und deshalb mein Liebling. Das Zurückreden schien ihr fremd, Eifersucht ebenso. Eine Vorbildkuh!

Bei ihrem Abgang in die ewigen Jagdgründe hätte ich am liebsten den Schlachter erschossen und mir liefen die Tränen über die Wangen. Ich erzähl Dir kurz, wie das damals gewesen ist.

War eine Hausschlachtung von Kühen oder etlichen Schweinen geplant, so war des „Fleisch ansagen" Brauch.

Damit das viele Fleisch nicht verdarb, wurde es an die umliegenden Nachbarn verkauft und ich hatte die ehrenvolle Aufgabe, alle davon zu verständigen. Nicht mit Telefon oder Mail. Nein, mit meinen zwei Haxen bin ich die Keuschen und Höfe abgewandert und hinterließ meine Botschaft: „Am Mauda kints kemma und a Fleisch hoin, lasst mei Voda ausrichtn".

Und am besagten Montag (Mauda) richtet sich mein Vater in aller Frühe den Hacktisch her, auf dem dann meine Barbara, in ihre Einzelteile zerlegt, drapiert wurde. Er hatte die Messer geschliffen, den Wetzstein bereitgelegt, saß mit breitem Grinsen hinter den Fleischbergen und wartete auf Kundschaft. „Bua, du tuast des Fleisch owenga und kassiern. Wannst do an Fehla mochst, kriagst a Watschn, dass dei deppata Schedl wackelt, wie wann er a Luftballon warat".

Motivatorisch top formuliert und mit hohem Wahrheitsgehalt hinterlegt. Nach und nach kamen die Käufer, mein Vater zerschnitt meine Barbara in haushaltsgerechte Portionen, deutete mit dem Finger darauf und rief mir zu: „Auf die wog damit, zwoa Schilling des Kilo und moch a guats Gwicht."

So nahm ich stückweise Abschied von meiner Lieblingskuh, aber ich wusste, sie war nicht umsonst gestorben, denn viele hungrige Mäuler hatten sich dank ihr zumindest eine Mahlzeit gesichert. Das „Schau net so depat du feuler Hund, gib ma an Schnops bevor da nächste kimmt", holte mich dann in die Realität zurück.

Aber nun zurück zum Buttermachen.

Nach dem „Fuadern" kehrte Ruhe im Stall ein. Es war an der Zeit mit dem Melken anzufangen. Die „Melkmaschine" dieser Zeit hieß Franz oder Bua, denn eine richtige Maschine lag weit außerhalb unserer finanziellen Möglichkeiten und hätte sich bei drei Kühen ohnehin nicht gerechnet. Mit 10 Jahren war ich disponibler Melkmeister im heimatlichen Stall.

Da die Kühe ihr Futter auf natürlichem Weg wieder loswurden, war erst mal Reinemachen angesagt.

So ein Kuhhintern ist rund eineinhalb Meter über der Erde und je nach Konsistenz des Ganzen platscht das ordentlich auf den Stallboden und verteilt sich darauf in konzentrischen Kreisen. Kuhflader hieß dies im Jargon des Fuchsgrabens.

„Und was ist mit dem Mist passiert?", begehrt Eva zu wissen.

„Der wurde täglich am Grund ausgebracht oder zwischengelagert". Das erzähle ich Dir dann ein andermal. Aber machen wir mit dem Melken weiter. Die Grundausstattung sind Eimer, Melkschemel, Hut.

„Einen Hut?".Ja, einen Hut. Denn wenn du da so kurz vor dem Hinterteil der Kuh auf deinem Schemel gesessen bist, den Eimer zwischen den Knien und die Hände am Euter der Kuh, war das gefährlichste der Kuhschwanz. Das ist das lange knöcherne Dingsda am Hinterteil der Kuh, meist mit einem verdreckten Haarbüschel am Ende.

Die Kuh verjagt damit die Fliegen und es war ihr vollkommen egal ob dein Kopf, der an ihre Seite gelehnt war, die Schläge abbekam. Doch wenn du den Kuhschwanz einmal voll um die Ohren bekommen hast, dann hast du auf den Hut nicht mehr vergessen.

Der Hut entsprach keinesfalls der neuesten Mode. Verdreckt und schlapprig, aus strohähnlichem Material hing er am Saugatter, wenn er nicht im Gebrauch stand, bestens zum Schutz des Melkerhauptes geeignet, wenn es galt aus den Eutern der Kuh die köstliche Vollmilch zu melken. Fertig, Hut auf und ran an die Kuh. Ich erkläre das meiner Eva. „Du nimmst deinen Schemel, deinen Eimer, gehst seitwärts von hinten an die Kuh heran, gibst ihr ein paar Klapse auf das Hinterteil und stimmst sie ein. Brave Vroni, brave Liesl. Geeeehhhh, brav…". Dann steigt sie auf die Seite und du setzt dich auf dem Melkschemel ganz nah an sie und klemmst den Eimer zwischen den Knien ein. Deinen Kopf lehnst du in die kleine Vertiefung, wo der Bauch in das Hinterteil übergeht.

Mit dem Kopf dirigierst du die Kuh ein wenig, denn gerne steigt sie beim Melken etwas angespannt herum. Vor allem im Winter, wenn die Hände des Melkers kalt sind.

„Ist gut vorstellbar, oder?". Mit einem Lächeln quittiert Eva diese Frage.

Bevor du das Melken anhebst, massiert du das Euter, damit die Milch einschießt.

Es hat vier Zitzen, die kreuzweise zu melken sind. Falls jemand fragt, warum vier dieser Dinger, dann nehme ich Anleihe bei Martin Frank, Kabarettist aus Bayern. Dessen Mutter erklärte es einer Urlauberin auf dem Bauernhof so:

„Eine Zitze ist für die Vollmilch, eine für die H-Milch und eine für Heumilch. Und bei der vierten Zitze kommt köstlicher Latte Macciato raus, wenn wir am Abend ein paar Kaffeebohnen ins Futter mischen".

Zum Melken nimmt man die Zitzen, presst sie oben zusammen und drückt die darin befindliche Milch nach unten. Mit den kleinen Fingern streicht man die Milch heraus – und ein fester Strahl feinster weißer Kuhmilch ergießt sich in den Eimer – oder auch in den Mund des Melkers. Denn meist war diese frische, warme Milch mein erstes Frühstück.

Ist die Kuh fertig gemolken und der Eimer voll, hat sie sich ihre Streicheleinheiten verdient. Die Restmilch wird damit aus dem Euter entfernt.

„Warum?", fragt Eva.

„Weil die Gefahr von Entzündungen bestand und weil unsere Hausnattern die frische Milch ebenso schätzten wie wir. Wenn sie die Milch rochen, haben sie sich an den Beinen der Kuh hochgeschlängelt, sich mit spitzen Zähnen ins Euter verbissen und an der restlichen Milch gütlich getan. Für die Kuh äußerst unangenehm, weil mit Schmerzen verbunden und die Gefahr von weiteren Infektionen nicht auszuschließen war".

Deshalb stellten wir immer eine Schale mit frischer Milch bereit. Diese Milchbar haben die lieben Viecherln mit Freude besucht und das Euter der Kuh ist gleich aus ihrer Interessensphäre verschwunden.

Die frische Milch wurde dann im Brunnhaus kühl gestellt. Am Abend wanderte die gesamte Ausbeute des Tages in den „Separator⁶", das ist eine Maschine, die Vollmilch in Magermilch und Rahm aufteilt. Den Rahm (Obers) braucht man, um daraus Butter zu schlagen.

Oben am Separator sitzt der Milchbehälter, der das weiße Gold aufnimmt. Aus diesem läuft es dann langsam durch den Auslaufhahn in die Separator Schüssel. Die hat im Wesentlichen die Funktionalität einer Zentrifuge.

Die leichtere Milch bleibt oben, der Rahm sinkt nach unten. Aus zwei Röhren fließt am Ende Magermilch und Rahm in die vorbereiteten Gebinde.

Bevor man das Ablaufventil öffnet, wird die Zentrifuge auf Touren gebracht, mit einer Kurbel, die von Hand zu drehen ist. Eine knifflige Angelegenheit. Drehte man zu schnell, stieg der Fettgehalt in der Magermilch und die Rahmausbeute war geringer. Bewegte man die Kurbel zu langsam, trat das Gegenteil ein. Mehr, aber Rahm mit wenig Fettanteil, was dann wiederum beim Butterrühren Tränen und Wutausbrüche auslöste.

6 Rohmilch enthält rund 4 Prozent Fett. Um Magermilch zu erhalten, eine Entrahmung statt, zu der der Separator eingesetzt wird.

Lief die Milch in die Zentrifuge, war die Aufmerksamkeit auf die gleichbleibende Drehgeschwindigkeit zu richten.

Als Hilfsmittel dazu war im Separator eine kleine Klingel eingebaut, die immer dann einen Ton von sich gab, wenn die Kurbel den oberen Scheitelpunkt durchwanderte, vergleichbar mit einem Metronom. „Diiing, diiing" war das beim „Owadrahn" typische Begleitgeräusch, das heute wie damals in meinen Ohren nachklingt. Der ganze Vorgang zog sich über eine halbe Stunde. Fad!

Meine Lösung: Ein Buch auf meinen Knien, um die Zeit zu vertreiben. Blöder Ausdruck: Zeit vertreiben. Als ob die sich so einfach davonjagen ließe. Aber das ist eine andere Geschichte. So saß ich nun, in einer Hand die Kurbel, in der anderen die Lektüre und es ist verständlich, wenn sich meine Aufmerksamkeit immer mehr auf den Lesestoff richtete und weniger auf das „Diiing". Mit den nachteiligen Folgen, dass Rahm oder Magermilch nicht den vorgegebenen Qualitätskriterien entsprach. Die Strafe folgte alsbald – beim Butterrühren!

Ein Teil der Magermilch wurde an die Schweine verfüttert – gemischt mit Kartoffeln und den Küchenabfällen und Speiseresten.

Der übrig bleibende Rest wanderte in den Kochtopf.

Der Rahm hatte sein frisches und kühles Zwischenlager im Brunnhaus, aus dem er einmal in der Woche in das Butterfass wanderte. Das Butterrühren war angesagt. Ein Gedanke, der mir heute noch die Schweißperlen auf die Stirn treibt.

Nicht weil so anstrengend, sondern „urfad". In den landwirtschaftlichen Fachbüchern der damaligen Zeit fand dieser Vorgang als „buttern" seinen Einzug. Ein Begriff, der in meinem jungen Gehirn etwas andere Assoziationen ausgelöst hat.

Der gekühlte Rahm wurde in ein Fass, selbstverfreilich Großvaters Eigenbau, gefüllt. Es hatte die Form einer Tonne, war auf zwei Böcken gelagert, mit einer Kurbel an der Seite. Ein Loch zum Füllen, eins zum Entleeren. Die Öffnungen wurden mit passenden Holzstücken verschlossen, als Dichtung nahm man eine mehrfach zusammengelegte alte Windel oder ein Geschirrtuch her.

Dann ging es los mit dem Kurbeln. Kurbeln, kurbeln, kurbeln.

Uuuurfaaad und deshalb die richtige Arbeit für mich, der ich ohnehin als mit der Gabe der Faulheit ausreichend ausgestattet galt.

Einmal den Platz eingenommen, die Kurbel in der Hand und das Drehen angehoben, war ein Verlassen dieses Arbeitsplatzes unmöglich. War der Rahm zu kalt, zu mager, zu warm, dann hat es nicht geklappt mit dem (der) Butter.

Dann war der Platz bis zu zwei Stunden fixiert, in der Zeit hatte man das Fass permanent in Drehbewegung zu halten. Erst als sich das eintönige Rauschen im Inneren des Fasses, in ein Plumpsen gewandelt hat, war es geschafft.

Unter dem Butterfassl wurde ein Kübel aufgestellt, aus einer Öffnung rann zuerst frische köstliche Buttermilch.

Ein erfrischendes und geschmackvolles Getränk zur Belohnung für die harte Arbeit des „Butterns". Die Buttermilch war essenzielle Bestandteil der wöchentlichen Speisenfolge. Vor allem die „ErdöpfiNudeln[7]" wurden damit überbacken. Ein kulinarischer Genuss. Und mir rinnt heute noch das Wasser im Mund zusammen, wenn ich daran denke.

---

7 Eine oberösterreichische Spezialität. Erdäpfelteig, versetzt mit Salz, Kümmel und anderen Gewürzen, wurde in Nudeln geformt. Diese wurden dann in heißem Schmalz goldbraun gebacken. Als Draufgabe wurden sie oft in eine Pfanne geschichtet und mit Rahm übergossen. Das Ganze wurde dann im Backrohr noch überbacken.

Im Fass übrig blieb die Butter. Oder heißt es der Butter? Wir haben „der" gesagt. In der Schule haben wir dann gelernt, dass es „die" heißt.

So gesehen war mein sechstes Lebensjahr, das Jahr, in dem sich die Geschlechtsumwandlung der Butter vollzog.

„Da Butta" wurde herausgenommen und in die Buttermodel gedrückt. Kleine Holzkästchen mit Verzierungen, die am fertigen Butterstriezel ein stilvolles Muster hinterließen, wenn man ihn herausnahm. Diese Model mit Butter wurden dann im „Grander" gekühlt und einige Tage später von meiner Mutter in den Ort getragen. Zum Bäcker. Dort bekam sie dann Brot und ein wenig Geld für ihre frische Butter. Das hat sie mit Stolz und Freude erfüllt.

Wie der Mist aus dem Stall kam

„Ja, so war das mit Milch und Butter. Der Vorteil für uns Kinder lag darin, dass wir immer genug zu essen hatten. Wir mussten uns das Essen zwar manchmal schwer verdienen, aber Hunger stand bei uns nicht auf der Tagesordnung."

Ich stehe mit Eva im ehemaligen Kuhstall. Heute Heizhaus und Werkstatt.

„Hier waren also eure Kühe, da die Schweine und da vorne das Gatter für die kleinen Kälber?". Ich bestätige. „Ja, genau."

„Und dann hast Du mir gesagt, der Mist wurde ausgebracht? Wohin? Und wie oft?"

„Schau, wo du jetzt stehst, geht eine Tür raus vor das Haus – und dort geht es gleich bergab. Wir gehen jetzt gemeinsam den Weg, auf dem auch unser Mist transportiert wurde. Ok?"

„Ja, gerne."

Über Mist brauche ich kaum was erzählen, den werden die meisten kennen.

Es ist die Mischung aus Streu, den Exkrementen der Rinder und Schweine.

Mist wurde zum Düngen auf den Wiesen ausgebracht, in den Gärten eingestochen, auf dem kleinen Kartoffelfeld eingeackert.

Bei drei Kühen und zwei Schweinen fällt eine ganze Menge Mist an und er ist schwer. Sauschwer. Weder Traktor noch sonstige Zugmaschinen haben uns die Arbeit erleichtert.

Mit zwei bärenstarken Armen und einem Paar stämmigen Füßen ausgestattet, kamen wir über die Runden, aber es war oft eine mühselige Schinderei.

„Komm Eva, wir gehen durch die Tür raus. Wenn wir links die Straße runtergehen, bis zum Ende des Hauses, dann siehst du von dort unsere Wiesen, auf die der Mist ausgebracht wurde. Was fällt Dir auf?"

„Ich sehe, dass die ziemlich steil sind".

„Genau. Und das macht die Sache schon spannend. Die Felder in der Ebene sind locker mit Traktor und Miststreuer zu düngen, das geht in diesem Gelände nicht."

„Jetzt bin ich aber gespannt".

„Wenn Du zu den Wiesen siehst, dann siehst Du, dass diese zweimal durch einen Weg unterbrochen werden".

„Ja, das sehe ich".

„Auf diesen Wegen wurde der Mist täglich transportiert, denn sie waren in dem steilen Gelände die einzigen ebenen Flächen und man konnte quer zum Hang mit dem Mistkarren fahren. Die Wege sind natürlich nicht geschottert oder gar asphaltiert, sondern einfache Graswege, die vor Jahrzehnten in den Hang gegraben wurden. Der Geländeform folgend, daher also nicht immer eben, sondern auch kurvig und mit Steigungen, bzw. Gefälle."

Zu den damaligen Zeiten konnten sich die wenigsten „Keuschler[8]" Kunstdünger leisten, also wurde mit Mist und Jauche gedüngt.

Der Mist wurde im Laufe des Jahres auf einem Misthaufen nahe der Fläche, die im Herbst zum Düngen vorgesehen war, zwischengelagert.

Unser Mist bestand meist aus Laub, dem eigenem Wald entnommen. Zweimal am Tag war der Stall zu räumen.

Alter Mist raus, neue Unterstreu rein. Unsere Kühe hatten sich jeden Tag ihr frisches und sauberes Lager verdient, schließlich versorgten Sie uns tagaus und tagein mit Milch, der Grundlage für die meisten Köstlichkeiten aus der bescheidenen, aber <u>nahrhaften</u> Küche. Vegetarisch, vegan?

8 In Österreich wird ein kleines Bauernhaus mit kleiner landwirtschaftlich genutzter Grundfläche als Keusche bezeichnet, die Bewohner als Keuschler.

Begriffe, die bis dahin keine Aufnahme in unser Wörterbuch gefunden hatten.

„Verstehe", sagt Eva „und wie habt ihr den Mist über diesen schmalen Weg gebracht. Links steil bergauf, rechts steil abwärts. Und kein Traktor?"

„Zum Mistführen hatte ich den „Mistgoarm" – das war in unserem Fall ein kleinerer Handwagen. Er hatte zwei Räder aus Holz, die mit einem Eisenreifen beschlagen waren. Du siehst solche Räder noch heute in Bauernmuseen oder auf alten Leiterwagen, die zur Zierde ausgestellt werden.

Zwischen den Rädern war eine Holzplattform angebracht, die von aufgestellten Brettern umgeben waren, damit der Mist nicht runterfällt. Gezogen wurde der „Goarm" mit einer Deichsel, die am Ende ein Querholz hatte, sonst wäre man abgerutscht.

„Gezogen?", Eva schaut skeptisch. „Wer? Hattet Ihr Pferde oder Esel?"

„Nichts dergleichen", antworte ich, „das Zugtier hieß Franz oder Rosi. Auch meine Mutter hat mit dem Wagen den Mist geführt."

Der „Goarm" wurde beladen, so viel wie möglich. Dann raus bei der Stalltür.

Durch das kurze Steilstück nahm man gleich ausreichend Schwung auf, der einen die folgende kleine Steigung etwas leichter bewältigen ließ. Dann war man schon auf dem Weg, die tiefen Rillen hielten den Goarm in der Richtung. Ich packte die Deichsel, spannte mich so selbst vor den Wagen und los ging es, bis zum Misthaufen, an dem ich meine Fuhre los wurde.

„Da musstest Du ganz ordentlich laufen. Denn auf dem Wagen lagen gut und gern 150 bis 200 Kilogramm und da blieb dir nichts übrig als die Deichsel fest in die Hand und bergab schneller als der Goarm zu laufen. Wäre man gestolpert – der Wagen wäre auch ohne Dich weitergelaufen – aber in die falsche Richtung und wäre dann an irgendeinem Baum oder Stein zerschellt".

Meine Sus'l, die Langhaardackeldame mit den entzückenden braunen Augen, hat mich auf Schritt und Tritt begleitet.

Beim Mistführen war sie klarerweise auch dabei. Und wenn sie gemerkt hat, dass der Wagen wieder einmal ein wenig zu schwer beladen war, und ich Schwierigkeiten hatte, ihn zu halten, dann hat sie ihn verbellt und ist nebenbei hergesprungen. Allein – helfen konnte sie mir nicht viel.

Oft genug habe ich es buchstäblich nur in letzter Sekunde geschafft den Wagen herumzureißen und auf den Weg einzuschwenken.

Je nachdem wo der Misthaufen „angesetzt" war, waren vierhundert bis sechshundert Meter mit voll beladenem Wagen zu bewältigen. Auf einem Wiesenweg, oft feucht (denn es musste bei Regen und Schnee genauso gefahren werden, wie bei Sonnenschein).

Der Weg hatte tiefe Rillen, in denen die Räder des Goarms wie auf Schienen liefen. Nur nicht so geschmeidig, wie bei der Eisenbahn. Buchstäblich über Stock und Stein ging die Fahrt. Meist allein, manchmal nur mit Hilfe meiner Mutter zu bewältigen, wenn die Wege durch Regen aufgeweicht waren oder viel Schnee ein Vorwärtskommen erschwerte. Am Ziel angekommen wurde der Mistgoarm entladen.

Ich war immer stolz auf meinen Misthaufen, denn ich habe immer darauf geachtet, dass er exakt senk und waagrecht ausgerichtet, wie ein Bauwerk in der Wiese stand.

In den meisten Fällen lief ich barfuß. Meine Füße waren üblicherweise schwarz vor Dreck, zerstochen von den Grasstoppeln, aufgeschlagen von den Steinen. Aber ein „Indianer kennt keinen Schmerz". Am Abend wurden sie dann in warmes Wasser eingeweicht und schon war wieder alles gut. Bis zum nächsten Tag.

Wenn der Winter nahte, machte es mir immer Spaß, im Stall meine bloßen Füße im Mist zu wärmen. Es hat so schön zwischen den Zehen „gegatscht" und war superwarm. Mutter sah das nicht so gern, denn so gut konnte ich meine Füße gar nicht waschen, es blieb immer was vom Mist und Dreck auf ihnen haften und die Spuren waren dann auf der Bettwäsche sichtbar. Heute wäre dies kaum ein Problem. Damals schon, denn viele Jahre hatten wir keine Waschmaschine und die Wäsche musste mit der Hand gewaschen werden.

„So also kam der Mist auf die Wiese."

„Und wie habt ihr in dann ausgebracht?", fragt mich Eva.

„Einmal im Jahr, im Herbst. Und das erzähle ich Dir in der nächsten Geschichte".

Mittn'drin - und trotzdem voll daneben

Der unverzichtbare Allrounder – die Seilwinde

„Bevor ich Dir erkläre, wie der Mist auf die Wiese kam, muss ich Dir zuerst unseren absolut unverzichtbaren Helfer vorstellen: die Seilwinde."

Fragend sieht mich Eva an.

Mit der Seilwinde haben wir alles transportiert: Heu, Mist, Grünfutter, Stroh und manchmal auch Baumaterial.

Wie der Name schon sagt – ein Seil, eine Trommel, auf der es aufgewickelt war, ein Motor der das Ganze betrieben hat.

Unsere Seilwinde hat noch der Großvater angeschafft und sie war sein – und dann unser – Heiligtum.

Beginnen wir mit der Seiltrommel. Eine stählerne Rolle mit Seitenbegrenzungen, auf der das Seil aufgespult wurde.

Das Seil war ein 8 mm dickes Stahlseil und es war 800 m lang. Es musste bis zum unteren Ende unseres Grundes (ca. 600 M vom Haus talwärts) reichen.

Die Trommel hatte links einen Zahnkranz. In diesen wurde der sogenannte „Triebling" eingeschoben.

Das war ein kleinerer Zahnkranz, den der Motor antrieb. Hat man den Triebling mit einer Schubstange an den Zahnkranz der Winde gebracht, trieb der Motor die Seiltrommel an und das Seil wurde aufgespult.

Wurde der Triebling rausgenommen, lief die Trommel frei. Wenn mit der Seilwinde Lasten transportiert wurden, durfte man das nicht machen, weil die Last dann wieder abwärts rauschte. Um das zu verhindern, konnte die Trommel mit einer Bremse verlangsamt oder gestoppt werden. Die Bremse war ein Hebel, den man fest runterdrücken musste und bei Bedarf auch fixieren konnte.

Weil die Seilwinde auch transportabel sein musste, war sie auf zwei Kanthölzern montiert, ca. 2 M lang. Am gegenüberliegenden Ende war auf einer Plattform der Motor montiert, der die Seilwinde antrieb.

Motor und Winde waren durch einen breiten Riemen (Ream) verbunden, der die Kraft des Motors auf das Antriebsrad der Winde brachte.

War man mit der Arbeit fertig oder wurde eine Pause gemacht, wurde der „Ream owegchmissen[9]".

9   Ream oweschmeissen: Wenn es Zeit für eine Pause war, wurde der Antriebsriemen von den Maschinen abgenommen, damit nichts passieren konnte, wenn der Motor irrtümlich eingeschalten wurde. Dieser Ausdruck ist auch heute noch gebräuchlich, wenn die Arbeit erledigt ist

Ein Ausdruck der auch heute noch gebräuchlich ist.

Unser Motor war ein Elektromotor und die Winde wurde fast in allen Situationen mit diesem betrieben.

War es notwendig die Winde weiter weg vom Haus zu betreiben, wurden Kabel bis zum Aufstellplatz verlegt. Bis zu 400 m Kabel – nicht in einem Stück, sondern in mehreren Längen, mit Stecker und Kupplungen verbunden wurden dann quer über die Wiesen ausgerollt. Es waren Starkstromkabel, denn der Motor war ein sogenannter Stern-Dreieck-Motor, betrieben mit „Kraftstrom" also 380 Volt.

Beim Anlassen musste man einen Drehschalter in zwei Stufen betätigen. Erste Stufe „Stern" – der Motor lief langsam an. War er auf Touren gekommen schaltete man auf die zweite Stufe „Dreieck" – dann lief er mit voller Kraft.

Hätte man gleich die zweite Stufe genommen, wären alle Sicherungen geflogen, denn so stark war unser Stromnetz noch nicht ausgebaut.

Der erste Blick brachte die Erkenntnis „der läuft verkehrt!"

Also Schraubenzieher genommen, zur nächsten Kupplung geeilt, aufgeschraubt, Pole getauscht und damit die richtige Drehrichtung sichergestellt. Damals gab es noch wenige Sicherheitsvorschriften, respektive hat man sich nicht wirklich darangehalten. Ein Elektriker war natürlich auch nicht bei der Hand. Wenn die Wiese nass war, hatte man besonders aufzupassen. Da kam es schon vor, dass du einmal eine ordentliche „gwichst" bekamst. Wir haben in dem Zusammenhang auch viel von – oft tödlichen – Unfällen gehört. Bei uns zum Glück nie was passiert.

In ganz wenigen Fällen kam ein transportabler Dieselmotor zum Einsatz, wenn die Kabel nicht ausreichten. Diesen haben wir uns immer vom Nachbarn ausgeliehen. Ein gewaltig schweres „Trumm", welches den Vorteil hatte, dass man nur genügend Diesel haben musste. Dann war man vom Stromnetz unabhängig.

Der Start des Dieselmotors erfolgte mit einer Kurbel, die an einem großen Schwungrad angesetzt wurde.

Zuerst wurde ein kleiner Hebel am Motor umgelegt – der die „Dekompression" des Zylinders bewirkte und die Schwungscheibe freilaufen ließ.

Mit der Kurbel brachte man die Scheibe in

Schwung – was noch immer schwer genug war. Es brauchte bis zu 10 Umdrehungen in einer ordentlichen Geschwindigkeit. Dann wurde schnell der Dekompressionshebel wieder eingelegt und gleichzeitig musste man sofort die Kurbel abziehen, denn das Schwungrad wurde durch die Verdichtung des Kolbens ziemlich abrupt gestoppt. Für den Kurbler hätte dies unter Umständen bedeutet, dass seine Schulter mit lautem Knall aus der Kugel springt. Ist mir Gott sei Dank nie passiert. Hat man alles richtig gemacht, ist der Motor mit lautem Pochen angelaufen. Langsam zuerst – ca. jede Sekunde ein Kolbenhub, dann immer schneller und nach ca. 20 Sekunden ist er voll rund gelaufen. Sein Pochen hat man im ganzen Tal gehört – Ein „geiles" Geräusch.

Im Regelfall stand die Seilwinde in Nähe des Hauses, denn dorthin wurde ja das meiste transportiert.

Das Heu haben wir vom unteren Ende unseres Grundes nach Hause gebracht. Es wurde auf einen großen Leiterwagen verladen und fest niedergebunden, damit auf dem steinigen Weg nichts verloren ging.

Dabei sind rund 150 Höhenmeter auf einer Länge von ca. 400 M überwunden worden – über Stock und Stein und ziemlich steil.

Eine Herausforderung für den, der den Wagen steuerte.

Die Deichsel fest in den Händen, das Zugseil vor sich, oft links und rechts springend, wenn es um Kurven ging. Mit großem Respekt vor dem Seil, denn das konnte schlimme Wunden an den Beinen hinterlassen, wenn man nicht aufpasste.

Unser Leiterwagen war einer mit vier großen Holzrädern, die mit Eisenreifen beschlagen waren. Die beiden vorderen Räder waren mit einer langen Deichsel verbunden und lenkbar.

Von der Seilwinde wurde das Seil abgezogen. Das geschah händisch. Ich habe den Beginn des Seiles genommen, es mir auf die Schulter gelegt und bin abwärts marschiert.

Während dessen musste natürlich jemand die Bremse bei der Winde bedienen, denn ich ging ja nicht immer gleich schnell und musste manchmal stehen bleiben.

Dann hatte der Bremser die Trommel zu stoppen, sonst wäre diese weitergelaufen und das Seil wäre weiter abgerollt. Das hätte dann zu allerlei „Verstrickungen" führen können.

Das Bremsen war eine äußerst gefühlvolle Sache, den oft bestand kein Sichtkontakt zum

„Seu-Ziager[10]".

Der Bremser musste anhand der Ablaufgeschwindigkeit entscheiden, ob alles normal war.

Ob der Seu-Ziager gerade stehen geblieben war, oder mehr Seil brauchte. Für Letzteren oft anstrengend, wenn der Bremser nicht aufpasste. Es kam vor, dass dieer die Trommel stoppte, dann konnte der SeuZiager nicht weiter. Oder der Seu-Ziager lief schneller, weil es gut ging.

Der Bremser vermutete einen Defekt, stoppte die Trommel und der Ziaga saß am Hintern weil er urplötzlich kein Seil mehr bekam.

„Seu – gib mir mehr Seu!" Rufe wie dieser oder „Bleib stehhhhh" hallten oft durch den ganzen Fuchsgraben. Manchmal auch noch ein paar Worte, die ich hier nicht wiedergeben möchte, wenn ich wieder mal wie ein Verrückter am Seil gezogen habe, aber zu wenig bekam, weil der Bremser die Trommel zu stark einbremste. Das gab oft massiven Konfliktstoff zwischen meiner Schwester und mir. Sie saß meistens an der Winde. Ich ging mit meinem Seil zuerst bergwärts.

---

10 *SeuZiager: derjenige der das Seil von der Trommel abgezogen hat. Oft mehrere hundert Meter weit.*

Dort war oberhalb des Hauses eine Umlenkrolle angebracht. Da wurde das Seil durchgefädelt und dann ging es abwärts. In vielen Fällen nahm ich den Leiterwagen leer mit runter. Das Seil wurde an einem Haken unterhalb des Wagens befestigt. Ich nahm die Deichsel in die Hand und lenkte den Wagen talwärts.

Jetzt war das Geschick des Bremsers noch mehr gefordert, denn eine kleine Unachtsamkeit – ein unvermuteter Zwischenstopp und ich wäre in weitem Bogen über den Wagen geflogen. Aber meine Schwester hat ihre Sache immer gut gemacht.

Und mit dieser Seilwinde haben wir den Mist auf die Wiese gebracht.

Wie der Mist auf die Wiese kam

Jeden Herbst kam die große Zeit des „Mistführens", das heißt der Mist, der während des Sommers gelagert worden war, musste auf die Wiesen ausgebracht werden.

Das konnten wir allein nicht bewältigen, so haben meist die Nachbarn mitgeholfen – und wir dann ihnen. Nachbarschaftshilfe war in dieser exponierten Lage ein unbedingtes Muss!

Und wieder unser unvergleichlicher Helfer – die Seilwinde. Sie musste zu dem Zweck auf den „Grund" gebracht werden, also an jene Stelle in Nähe des Misthaufens so positioniert, dass jenes Stück der Wiesen, die zu düngen waren, mit dem Seil der Winde abgefahren werden konnten. Die gesamte Konstruktion war schwer, Winde, Motor und das Gestell hatten gut und gern 200 kg. Wir haben das Ganze oft in Teilen transportieren müssen und es bedurfte schon die Kraft mehrerer Männer, um die Winde an den richtigen Ort zu transportieren. Wie schon gesagt, Traktoren konnten wir auf Grund der Steilheit des Geländes nicht einsetzen. Reine Muskelkraft ersetzte die Maschinen.

Stand die Winde am vorgesehenen Platz, wurden die Stromkabel ausgerollt, der Motor angeschlossen, die Drehrichtung überprüft und dann wurde das Seil ausgelegt.

Mit dem Seilanfang auf der Schulter lief ich die steile Wiese hinauf. Zwei– bis dreihundert Meter. Oben angekommen wurden an einem Baum oder Gebüsch eine oder mehrere Umlenkrollen angebracht, das Seil durchgezogen. Dann ging es wieder abwärts Richtung Misthaufen. Zuvor wurden die Lager der Umlenkrollen ordentlich mit „Staufferfett" geschmiert, damit die Gefahr eines „Reibers" – also das Trockenlaufen des Lagers ausgeschaltet wurde.

Damit war die Vorbereitung beendet. Meist geschah dies am Vortag, denn am nächsten Tag starteten wir gleich nach der Stallarbeit zeitig in der Früh.

An diesem Tag hofften wir auf schönes Wetter – denn im Regen konnten wir nicht arbeiten, das wäre zu gefährlich gewesen.

Also Blick aus dem Fenster – und oh Graus – dichter Nebel. Das war noch schlimmer als Regen.

Denn im Nebel war es besonders gefährlich, da der Sichtkontakt von der Seilwinde zum Mistwagen und Misthaufen nicht vorhanden war.

Was tun? Warten? Die Zeit ist knapp. Oft entschieden wir uns dann, es zu wagen und den fehlenden Sichtkontakt durch „Ruafer" zu ersetzen. Die Kinder der Nachbarn mussten einspringen, so auf den Wiesen verteilt, dass sie den Mistwagen und die Seilwinde im Blick hatten und dann laut rufen und winken mussten, wenn es zum Bremsen oder Fahren war. Das ging, wie man sich vorstellen kann, alles mit Verzögerung und der Windenfahrer musste sich auf sein Gespür und Können verlassen. Für den „Stoazgeher " eine besondere Herausforderung.

Der Mistwagen – „Goarm" – selbst war ein Gefährt auf zwei Rädern, mit ca. 80 Cm Durchmesser – Wagenradl'n, wie man sie heute auf Flohmärkten teuer kaufen kann – mit Speichen aus Holz und einem mit einem Eisenring beschlagenem Holzkranz. Zwischen den Rädern die Pritsche, von Holzbrettern umgeben, damit der Mist nicht runterfallen konnte.

Das hintere Brett konnte man entfernen. Der „Mistziager" hatte dann den Mist vom Wagen runterzuziehen.

Die Deichsel – ein zehn Zentimeter dicker Holzstamm – war ca. drei Meter lang und ragte am vorderen Ende des Wagens hinaus.

Diese nahm der „Stoazgeher" ganz vorne – das sorgte für den Ausgleich der Last, denn die Räder waren am hinteren Ende und auf Kommando „Foah ma" und einem Wink ging es los.

Wenn das Seil anzog, musste der Stoazgeher aufpassen, damit das Seil nicht an seinen Beinen entlang schrammte, denn Deichsel und Seil zeigten in die gleiche Richtung. Das konnte schmerzhaft sein. Ich hatte oft aufge-schundene Waden und Schienbeine von dem „deppaten Seu".

Und auch unterwegs musste der Stoazgeher oft wie ein Balletttänzer über das Seil hüpfen, denn es schlug einmal links und einmal rechts aus. Je nachdem welche Richtung der Wagen zu nehmen hatte.

Zwei solcher Wägen waren im Einsatz. Während der eine mit seiner Ladung unterwegs war, wurde der andere beladen.

So jetzt ging es los. An der Stelle, wo der Mist abzuladen war, stand schon der Mistziager, der Windenfahrer stoppte, der Mistziager nahm das hintere Brett vom Wagen und holte mit einer gebogenen Gabel – dem Kräu – den ersten Mist vom Wagen – der erste Haufen lag auf der Wiese.

Es wurde aber nicht alles abgeladen, sondern die Ladung schön verteilt.

Es ging also rund zehn Meter weiter, der nächste Haufen wurde auf die Wiese gezogen und wieder weiter. Nach jeder Fuhre verzierten 10 bis 20 kleine Misthaufen die Wiese.

War der Wagen leer, ging es wieder abwärts. Der Windenfahrer musste sensibel mit der Bremse arbeiten, sonst hätte es bei einem abrupten Stopp, dem Stoazgeher den Arm aus der Schulter gerissen, oder er wäre mit einem wunderschönen Purzelbaum über den Wagen geflogen. Andererseits wenn der Windenfahrer zu wenig bremste, gewann der Wagen durch sein Eigengewicht ganz schnell an Fahrt und der Stoazgeher saß am Hintern, während der Goarm talwärts brauste. Da musste er ganz schnell reagieren und den Wagen quer zum Hang stellen, damit er stehen blieb.

Da gab es schon oft Flüche und Schimpf-kanonaden, wenn der Windenfahrer nicht aufmerksam war – oder wenn die „Kommu-nikationskette" auf Grund des Nebels nicht funktionierte.

Die größte Angst hatten wir immer vor einem Seilriss

Einerseits, weil das Seil – von der Last befreit, wie eine Peitsche durch die Luft knallte – und so ein 8millimeter Stahlseil, war dann lebens-gefährlich – andererseits, weil der Wagen dann führerlos und mit „Fullspeed" talwärts geschossen wäre. Oft direkt in Richtung Mist-haufen, wo die anderen mit der Beladung des zweiten Wagens beschäftigt waren. Bei uns ist das Gott sei Dank nie passiert. Aber ich kenne einige Fälle in der Nachbarschaft, wo solche Unfälle zu schweren Verletzungen und auch Todesfällen geführt haben.

Am Ende des Tages blieb vom großen Mist-haufen ein schwarzer Fleck in der Wiese übrig, der nach einigen Tagen von wild wuchernden Pflanzen und dickem fetten Gras überwuchert war.

Und der Mist lag wohlverteilt in einigen hun-dert „Häufeln" auf der Wiese.

Die Arbeit war getan. Alle, die mitgeholfen haben, kamen zur Jause.

Es wurde ordentlich getafelt. Speck, Brot, Käse und auch der eine oder andere Liter Most ist die durstigen Kehlen runtergelaufen. Der Abschluss war eigentlich immer schön, wenn nichts passiert war und man auf die Wiese blickte, wo schön gleichmäßig verteilt, die kleinen Misthaufen schwarz und speckig in der Abendsonne glänzten.

Bis dann einer sagte „Und wann werden wir den Mist ausbreiten?" In dem Augenblick ist mir immer gleich schlecht geworden und ich habe gespürt, dass sich ein geheimer Virus in meinem Körper breitmacht. Mir wurde schwindlig und ich hatte Kopfweh – aber nicht vom Most – die ersten Bauchkrämpfe machten sich bemerkbar – morgen würde ich fürchterlich krank sein.

Ich hatte des Öfteren solche Anfälle. Meist eben vor besagtem „Mistbroaten", vor dem Heuwenden, wenn wieder mal ein „Riesenfleck" gemäht worden war, vor dem Laubrechen und noch einiger solcher Anlässe.

„Mitleidsvoll" hat mich meine Mutter und auch oft mein Schwesterherz angesehen: „Nau … hast Du schon wieda die Faulsein Krankheit?"

Eine Unterstellung!

Aber so sehr ich mich auch bemühte, ich war am nächsten Tag pumperlgesund.

Nichts half. Eiskalt abwaschen, eine Stunde lang mit bloßen Füßen im Bach spazieren gehen, mich nackig in die kalte Abendwiese legen – ich wurde nicht krank. Und am nächsten Tag stand ich mit einer Gabel vor einer unübersehbaren Fläche mit kleinen Misthaufen, die darauf warteten von mir gleichmäßig und fein über die ganze Wiese verteilt zu werden. Der Herrgott hatte kein Einsehen. Er schickte kein Donnerwetter, keinen Sturm, kein Erdbeben.

Ich wusste wir würden den ganzen Tag von Haufen zu Haufen gehen und unsere Arbeit tun. An diesen Tagen war ich natürlich auch von der Schule „suspendiert". Wie oft habe ich lamentiert – wie wichtig gerade heute der Unterricht sei. Ich erntete nur mitleidiges Lächeln – meine Mutter drückte mir die Gabel in die Hand: „Kumm Franzi, lass dei arme Muatta net allein". Also dann.

Und am Abend war der Mist auf der Wiese verteilt. Wieder glänzte es im Abendlicht, diesmal schön gleichmäßig und irgendwie war dich dann doch stolz darauf.

Vom Heumachen

Ja das liebe Heu. Sommerzeit. Warm und sonnig. Andere Kinder aus dem Dorf tummelten sich in den damals schon vereinzelt vorhandenen Freibädern oder in den aufgestauten Bächen vor den alten Mühlen. Ich nicht, zuhause wartete das Heu auf mich.

In aller Früh, bevor ich den Weg zur Schule antrat, hatten wir bereits einen „Fleck", so die Bezeichnung für ein paar hundert Quadratmeter Wiese, gemäht. Meine Mutter war oft schon um vier Uhr am Grund, um zu mähen. In den ersten Jahren alles händisch, mit der Sense. Ich schlief inzwischen den Schlaf der Gerechten. Erst wie sie zu Melken in den Stall ging, hat sie laut und vernehmlich gerufen: „Aufstehen, Zeit wirds". War ich gut aufgelegt, half ich manchmal mit. In den meisten Fällen stand dieser hehren Absicht meine Müdigkeit entgegen.

In diesen für mich unbeschwerten Tagen, trag es nicht in mein Bewusstsein, welche Leistung meine Mutter da zu erbringen im Stande war. Mein Vater? Ihm war es nicht möglich zu helfen. Durch eine Krankheit verlor er ein Bein und war ohne Krücken „aufgeschmissen", wie er selbst formulierte.

Sein einziger Anteil war das Dengeln (Schärfen) der Sense.

Einige Jahre später kam der Motormäher ins Haus. Ein Reform Balkenmäher mit Benzinmotor. Damals eine Sensation. Mit doppelten „Gitterrädern", die wegen der Steilheit des Geländes erforderlich waren. Mit dem Ding war es nun möglich, quer zum Hang zu fahren, die breiten Eisenräder verringerten die Gefahr des Kippens, eines Überschlags.

Immerhin fiel die Wiese an manchen Stellen einige hundert Meter steil ab. Da, wenn dir der Mäher auskommt, siehst du hilflos zu, wie er weit unten im Bachbett seinen letzten Kolbenhub macht.

Gestartet wurde der Mäher mit einer Kordel, die vorne um die Anlasserscheibe gewickelt wurde. Dann hatte man ordentlich zu ziehen, dadurch kam die Scheibe in Schwung und mit ihr der Motor, der mit lautem Getöse von seiner Funktionsfähigkeit berichtete. Ein Geräusch, das an klaren Sommertagen bis in die Stuben der Nachbarn seinen Weg fand.

Top Ausstattung und Performance: ein Vorwärts und ein Rückwärtsgang, Höchstgeschwindigkeit ca. dreieinhalb Kilometer pro Stunde.

Damit kein falsches Bild entsteht: Auf dem Mäher war ein Sitzplatz nicht vorgesehen, sondern es wurde mitgegangen, die Lenkung erfolgte über zwei Holme, ähnlich wie bei einem Fahrrad. Vorne der Balken mit dem Mähmesser, welches das Gras geschnitten hat.

Damit marschierte man immer quer zum Hang. Am Ende der Wiese hob man das Messer, indem man die Holme nach unten drückte, wendete das Teufelsgerät mit der Eleganz eines Nilpferdes um 180 Grad, senkte das Messer wieder. Formvollendeter Richtungswechsel. Hin und her, her und hin. Neunzig Zentimeter Schnittbreite. Die Breite und Länge der Wiesenflächen lag zwischen fünfzig und hundert Meter. Im Regelfall eine schweißtreibende Angelegenheit von zwei bis drei Stunden, die zu beenden war, bevor die Sonne ihre volle Kraft entfaltete, denn nur feuchtes Gras ließ sich leicht mähen. Meine „Deadline" an den Mähtagen: 7 Uhr. Eine Stunde darauf ist Schulbeginn, eine knappe Sache bei einem Schulweg von mindestens 60 Minuten.

Netto, die Aufenthalte wegen zwischenmenschlicher Kommunikation abgerechnet.

Mittagszeit – heute würde man sagen „vier Krügel im Schatten" – dreißig Grad und mehr. Das war die Zeit zum Heuwenden.

Und das ohne maschinelle Hilfe, nur mit der Hand. Das war jene Arbeit, die ich am meisten gehasst habe. Weil fürchterlich monoton, fad und öd.

Das gemähte Gras lag seit dem Morgen in sauberen Reihen auf der Wiese – ca. dreißig Zentimeter breit. Eine Seite von der Vormittagssonne herrlich getrocknet, Zeit zum Wenden oder Umkehren, wie wir dazu sagten. Am Abend zierte infolge der Behandlung duftendes, krachtrockenes Heu die steile Leite. Beim Umkehren marschierst du, bewaffnet mit einem Holzrechen quer zum Hang und wendest das Heu. Du hast dabei darauf zu achten, dass jeder vorerst noch grüne Halm in den Genuss der Sonnenbestrahlung kommt. Hin und her, her und hin. Hin und her, her und hin. Dreißig Grad im Schatten, derweil sich die anderen Kinder weit unten im Dorf im kühlen Nass der Bäche tummelten, stehe ich auf der Wiese und wende das „deppate" Heu. Ich mag nicht. Ich hab an Durst, ich muss aufs Klo, ich muss speibn, ich bin tot – alles nutzte nichts.

Gnadenlos. Meine Mutter „Aber Franzi, du kannst dei armes Muatterl net alleine lassen…".

Da unser Gras zweimal im Jahr geschnitten wurde, war der erste Schnitt meist Ende Mai bis Mitte Juni. Hohes festes Gras, das beim Mähen und Wenden einige Mühen bereitete.

Nach dem Wenden ein besorgter Blick zum Himmel. Wie wird das Wetter? Ich habe gebettelt, gefleht, bin auf Knien gerutscht (bildlich gesprochen). Denn wenn auf Grund der Wetterbeobachtung oder des Wetterberichtes anzunehmen war, dass am nächsten Tag weniger Sonne schien oder der Wettergott gar Regen im Gepäck hatte, dann fiel die vernichtende Entscheidung: „Wir müssen aufhüfeln". Ich sterbe.

Hüfeln heißt, dass das ganze Heu, das auf der Wiese lag, auf Holzpfählen, die vorher in die Erde zu rammen waren, „aufgehängt" werden musste. Wir sprechen da von zwei Meter langen und zehn Zentimeter dicken Pfählen, oben und unten zugespitzt. Auf der ganzen Länge waren in Abständen von ca. zwanzig Zentimeter kreuzweise Löcher durch die Hüfeln gebohrt.

In diese kamen dann die Spriesseln, dünne Holzstäbe zum Aufhängen des Heus. Eine Mordshackn!

Erst verbrachte man die Hüfeln auf die Wiese, drei bis vierhundert Meter vom Haus und der dortigen Hüfelhütte entfernt, über Stock und Stein, bergauf, bergab.

Die rund 30 Stück hatten ein respektables Gewicht und ein Transportgang reichte bei Weitem nicht aus.

Dann gehst du mit einem wassergefüllten Spritzkrug und einer Eisenstange (20 Kilo) und fängst mit dem Hüfelsetzen an. Am Anfang ist das Loch (und nicht das Wort), das du mit der Eisenstange in den krachtrockenen Boden rammst. Heb mal so eine Eisenstange. Hoch über den Kopf, mit der Spitze voran, treibe sie in den knallharten, manchmal mit Steinen durchsetzten Boden. Da ist Kraft vonnöten und du zeigst, was in dir steckt. Mit meinen zehn Jahren eine reife Leistung, die mir das Fitnessstudio lange erspart hat. Ist das Loch tief genug, kommt Wasser aus dem Spritzkrug hinein und die Hüfel senkt sich, dank der Kraft deiner Hände mit voller Wucht in das Loch.

Bis zu 30 cm stak das Holz in der Erde. Einmal, zweimal, dreimal hochgehoben und rein damit. Mit der Eisenstange verklopft, denn die Hüfel ist dazu da, um ihre Fracht sicher zu tragen, Wind, Wetter und Sturm zu trotzen.

Zehn Meter weiter – nächstes Loch – nächste Hüfel. Immer weiter, bis die ganze Wiese wie ein Wald ausschaut. Allein schaust du da einem Narren gleich.

In der Zwischenzeit rechte meine Mutter das getrocknete Gras zusammen, steckte die Spriesseln in die Hüfel und hing das Heu in dicken Bündeln auf. Immer mit besorgtem Blick zum Himmel. Hält das Wetter? Werden wir rechtzeitig fertig?

Ein paar Stunden später. Fein säuberlich, in Reih und Glied stehen die Hüfeln. Das Heu ist aufgehängt – die Wiese sauber gerecht. Dem Himmel sei Dank, das Wetter hat gehalten, ein Ende zeichnet sich ab. Wenn die Hüfeln fast so wie Soldaten in Reih und Glied stehen, ist das am Ende des Tages ein befriedigender Anblick.

„Jetzt versteh ich auch, wo Deine Muskeln herkommen. Das wundert mich nicht mehr". Eva greift an meine Oberarme und befühlt meinen Bizeps. Ohne Fitnessstudio und Anabolika. „Und wie geht es weiter?", begehrt Eva auf die Fortsetzung gespannt, zu wissen.

Schönes Wetter vorausgesetzt kommt das Heu am nächsten Tag von den Hüfeln runter, es trocknet in der Sonne fertig, um dann am Abend in den Stadel (die Scheune) verfrachtet zu werden. Bleibt das Wetter für einige Tage nass und regnerisch, bleibt es hängen, bis die Sonne wieder scheint. Und wir hoffen, dass es nicht fault (verdirbt).

„Aber die Scheune ist ja ganz oben beim Haus. Wie habt ihr es da hingebracht?", fragt Eva.

In den Zeiten meines Großvaters war das eine wirkliche „Schinderei". Er hatte ein sogenanntes „Heutuch". Ein ca. zweimal zwei Meter großer, schwerer und dicker Stoff, ähnlich wie Segelleinen. An den vier Ecken waren Schnüre angebracht. Dieses Tuch hat er ausgebreitet, dann das Heu darauf gegeben. Mit den Schnüren zu einem mächtigen Paket gebunden. Am Schluss hatte er einen ordentlichen Packen liegen, zwischen 50 und 100 Kilogramm schwer.

„Bravo – und das hat er dann mit der Post nach Hause geschickt, oder was?", kommentiert Eva lächelnd.

Nein. Da der „Heubinkel" auf der steilen Wiese gelegen ist, hat sich Großvater an die Unterseite gesetzt, den Ballen mit beiden Händen gepackt, sich über die Schultern auf den

Kopf gezogen, sich auf die Füße gestemmt und ist damit nach Hause marschiert. Bis zu zehnmal hatte er, gebeugt von der schweren Last zu marschieren, dann war das Heu in der Scheune. Jedes Mal bergauf, über Stock und Stein, einige hundert Meter. Kein Wunder, dass in späteren Jahren sein Kreuz und seine Knie wegen der jahrzehntelangen Schinderei protestierten.

„Und ihr habt das auch so gemacht?".

Ja, in den ersten Jahren. Von dort, wo wir weder mit Wagen noch mit Winde was aus-richten konnten.

Wir machten das so, dass wir aus den vielen kleinen Waldstücken, die unseren Grund begrenzten, drei bis viel kleinere Astgabeln von den Bäumen schnitten, die dann in Form eines Dreiecks die Wiese gelegt wurden. An der talwärts gerichteten Spitze wurden sie mit einer Kette zusammengebunden.

Da auf den Ästen noch Blätter gewesen sind, konnte man das Heu darauf packen. Stück für Stück wurde das „Reiser" dann von Hand an der Kette nach unten gezogen. Dann wurde der nächste Streifen gerecht, mit der Gabel zusammengetragen, auf das „Reiser" gepackt und weiter ging es.

Je schwerer das Ganze wurde, umso mehr Kraft brauchte man. Bis zum Ende mussten dann schon bis zu vier Leute ziehen. Obwohl es steil bergab ging, hat das Laub und das Gewicht des Heus doch ordentlich gebremst.

War das „Reiser" fertig beladen, wurde es mit vereinten Kräften nach unten an die Straße gezogen. Dort stand der Leiterwagen, der dann mit dem Heu beladen wurde.

Dann kam die Seilwinde zum Einsatz.

Das Seil ausgerollt, am Wagen angehängt. Meine Schwester an die Winde, ich lenkte den Wagen, das Seil gespannt wie eine Gitarren-saite, gefährlich nah an meinen Beinen und ab ging die Fahrt. Steil bergwärts bis zum Haus. Dort wurde der Wagen gestoppt, rückwärts zum Haus gefahren und quer gestellt.

Abgeladen wurde der Wagen dann mit dem „Greifer".

Das war schon ein sensationelles Ding. Auf Schienen, die im Stadel an oberster Stelle, dem Dachfirst befestigt waren, lief an einem Seil eine große gabelförmige Vorrichtung. Sie kam an der Außenseite bei einem großen Tor heraus, senkte sich ungefähr fünfzehn Meter tief auf den Wagen, Zähne klappten aus, wur-den in das Heu gestoßen. Das Seil zog an, die

Gabel schloss sich und vom Wagen wurde ein mächtiger Heuhaufen in die Höhe gezogen.

Verschwand hoch über unseren Köpfen wieder im Stadel, lief an die Stelle, an der man vorher die Entladeautomatik eingestellt hatte, entlud sich und kam wieder heraus, um die nächste Fuhre zu holen. Betrieben wurde das mit einer eigenen Winde, die im Stadel stand.

Mittels einer ausgeklügelten Technik, über verschiedene Seil und Flaschenzüge zu steuern, war das Ganze im Ein-Mann(-Frau) Betrieb, durch Ziehen an nur einem dünnen Seil zu bedienen. Zog man fest am Seil, fuhr der Greifer in den Stadel, zog man nur leicht – bis zur Hälfte – fuhr er aus dem Stadel heraus, um sich die nächste Fuhre zu holen. Dies war notwendig, weil das Haus ja am Hang lag und es keine Möglichkeit gab mit einem Wagen in den Stadel zu fahren.

Meine Eltern haben den Greifer unter schweren Entbehrungen – weil teuer – montieren lassen, um nicht das ganze Heu händisch auf die Heustöcke verfrachten zu müssen. Meine Mutter körperlich dazu nicht in der Lage, mein Vater Invalide, ich zu jung. Und so kam das Heu ins Haus. Jahr für Jahr.

Laub als Streu im Stall

Der Herbst. Goldener Wald, tief stehende Sonne, wunderbare Farben.

Zu unserem Besitz zählte auch ein kleines Waldstück, hauptsächlich Laubwald. Viele Buchen und Eschen, schön gewachsenes Holz – die Sparkasse für Generationen.

Stroh zur Unterstreu war für uns nicht leistbar, so diente das gefallene Laub aus dem Wald als weiches Bett für unsere Kühe.

Der Wald befand sich oberhalb des Hauses, im Anschluss an eine steile Wiese. Ebenso steil die Waldhänge. Kein ebener Boden. Sondern versetzt mit Steinen, Wurzeln, alten gefallenen Bäumen. Ungefähr in der Mitte des ca. 300 M breiten Waldstückes eine Schneise, in der keine Bäume wuchsen, die sogenannte „Rutschn". Sie führte geradewegs und steil bergab auf das Haus zu.

Im Herbst, wenn das Wetter ein paar Tage trocken war, wurden die Besen aus Reisig, die wir immer selbst gebunden haben „ausgefasst" und es ging steil bergan in den Wald. Oben angekommen – das Haus ca. 400 M unter uns – wurde angefangen zu kehren.

Genauso wie man ein Zimmer auskehrt. Nur halt nicht eben und gerade, sondern steil und gebirgig. Das Laub wurde immer Richtung Schneise gekehrt – in unserer Sprache in die „Rutschn" und dort gesammelt. Es dauerte rund drei Tage, bis das ganze Laub mühsam zusammengekehrt war.

Dann war die Rutsche von oben bis unten mit Laub gefüllt. Es hat kaum Gewicht, ist trocken und drängt den Berg hinab.

Damit hob der Spaß für uns Kinder an, denn bei dem „Event" waren meist auch die Kinder der Nachbarn dabei. Am oberen Ende der Rutsche wurde ein kleiner Baumstamm quer in das Laub gelegt. Dann bergan 20 m zurückgeklettert und mit einem Anlauf – dazu brauchten wir nicht viel Kraft, es ging ja steil bergab – sprangen wir in die Laubhaufen. Mit den Füßen voran, auf das Querholz – und das ganze Laub kam in Bewegung. Purzelte, rutschte, überschlug sich – und wir mit.

Nach einigen Metern Fahrt der nächste Anlauf. Eine Riesengaudi. Bis zu zwanzig Mal sprangen wir so ins Laub und der ganze Haufen bewegte sich sukzessive Richtung Haus.

Was liegen blieb, wurde nachgekehrt und nach einigen Stunden, war das Laub des ganzen Waldes in Form eines riesigen Haufens vor dem Haus versammelt.

Jetzt war das Einbringen an der Reihe. Maschinell? Ja, mit der Handmaschine. Die Laubscheune, ein Verschlag direkt neben dem Kuhstall füllte sich durch den Inhalt unserer Körbe oder des schon beschriebenen Heutuchs. Ein stetig wachsender Berg aus raschelndem, rutschigen und vor allem staubigen Laub. Für uns Kinder dennoch ein Heidenspaß. Von oben herab sprangen wir in den Haufen, ruderten darin herum, kletterten staubverkrustet wieder heraus, rannten rauf zur Luke auf dem Heuboden und stürzten uns wagemutig in das dunkle Loch.

Die Gefahr, aus der Aufschüttung nicht mehr rauszukommen, haben wir vollkommen ignoriert. In einem meterhohen Berg aus getrockneten Blättern, kleinen Ästen, vermischt mit Steinen zu versinken wie im Treibsand, war nicht von der Hand zu weisen. Man verliert schnell den Boden unter den Füssen und kommt nicht mehr raus. Das hat zu einigen brenzligen Situationen geführt. Aber es ist zum Glück nie was passiert.

Wenn wir nach Tagen fertig waren, war der Wald blitzblank gekehrt, dem Winter sahen wir sorglos entgegen. Zumindest was Schlafkomfort und Nahrungsversorgung unserer Kühe betraf. Die Streu in der Scheune, das Heu im Stadel.

Der Kugelporsche

Der Käfer. Einige Jahre später entschloss sich mein Vater, mehr Mobilität in sein Leben zu bringen und bald stand er vor der Haustür: Ein 1200 VW Käfer. Kugelporsche hat der Volksmund zu diesem unverwüstlichen Fahrzeug gesagt.

Selbst damit zu fahren, war Vater wegen seiner Behinderung unmöglich, weshalb meine Schwester den Posten der „Chauffeuse" anzutreten hatte. Gnadenweise und wenn er urteilte, es sei ein angenehmer Tag, sprach seine Hoheit die Erlaubnis aus, das Fahrzeug für die tägliche Fahrt zum Bahnhof zu nutzen.

Die Arbeitsstätte meiner Schwester lag 30 Kilometer entfernt und die Bahnverbindung war damals die beste Möglichkeit, um dorthin zu gelangen. Doch der Bahnhof lag im Ort, eine steile Schotterstraße talwärts, circa 6 Km mit vielen Serpentinen war zu bewältigen, bevor man an der Bahnstation ankam. Zu Fuß oft gegangen, mit dem Auto war es dann doch komfortabler.

Im Winter war das schon eine Spur schwieriger.

Die Wege wurden nicht geräumt und in diesen Jahren gab es echt eine Menge Schnee. Bauern mit Traktoren waren rar, so blieb es uns Kindern überlassen, unseren Schulweg mit dem Schaufeln von Schnee zu verlängern. Zumindest was den zeitlichen Aspekt betraf.

Da stieß selbst der Kugelporsche an seine Grenzen. Nur mit Schneeketten war ein halbwegs sicheres Fahren im Tiefschnee möglich.

Nun war meine Zeit gekommen.

Bestand die Gefahr, dass es für mein Schwesterlein zu gefährlich schien, den Weg zu bewältigen, lief ich flugs zum Bahnhof, wo das Auto parkte, und habe mit vollem Einsatz die Ketten auf den Porsche montiert.

Das erforderte einiges an Geschick. Die damalige Technik war weit vom heutigen Komfort mit Auflege Automatik und Ähnlichem entfernt.

Ich war ein technisch begabter Bursche (wenn ich Lust dazu hatte) und für stellte es kein Problem dar, in Eis und Schnee den Wagenheber zu bedienen und unter das Auto zu kriechen. Am meisten waren es gewiss die Proberunden, die mich zu Höchstleistungen motivierten.

Es galt den sicheren Sitz der Ketten festzustellen und dazu war klarerweise die Bewegung des Fahrzeugs erforderlich.

Deshalb rein in die Kiste, den Motor angelassen und ein bis zwei Ehrenrunden gedreht. Im Alter von 10 Jahren mit stolzgeschwellter Brust an den Schulkameraden vorbeizutuckern, das hat was.

Die Ordnungshüter haben meine „Schwarzfahrten" mit Sicherheit wahrgenommen, aber mehr als zwei Augen zugedrückt. Gewiss nicht meinetwegen. Ich glaube, sie alle hatten ein Auge auf meine bezaubernde Schwester geworfen. Unsere braven Gendarmen hielten nichts davon, sich es mit ihr zu verscherzen, und ließen mich meine Runden drehen, ohne einzuschreiten.

Angekommen, nach einer Stunde Fahrt mit dem Dampfross, übernahm meine Schwester das Steuer und eiligst kutschierten wir nach Hause. Vorerst auf der ebenen, normalen Gemeindestraße, nach rund 3 Kilometer immer steiler den Güterweg bergan. Bis zu den ersten Steilstufen pflügte sich der Wagen brav durch den Schnee.

Zwei Steigungen waren zu bewältigen: Der „Huaba" und der „Großauer" Büchel. So nannte man die Steilstufen. Genannt nach den angrenzenden Gehöften.

Die beiden „Büchel" waren schon ohne Schnee eine Herausforderung. Da half nur eines. Raus aus dem Wagen auf die hintere Stoßstange gestellt und fest gewippt, damit auf den Rädern das volle Gewicht lag. Und so hat sich unser Käfer Meter für Meter nach oben gefressen. Meine Schwester mit starrem Blick nach vorne über das Lenkrad, geübt im Spiel mit dem Gaspedal, ich hinten auf der Stoßstange, angekrallt an der Dachreling, auf und ab hüpfend wie ein Gummiball. Das Brummen des Motors klingt bis heute in meinen Ohren. Auf und abschwellend, je nachdem wie die Räder gegriffen haben. Ein Fehler und wir wären die steile Wiese hinunter gepurzelt. Jeder Tag somit eine neue Herausforderung.

Am Wochenende diente der Wagen dazu, meinen Vater auszuführen. Ausflüge ins Tal — verbunden mit einigen Gasthausaufenthalten, für ihn die einzige Möglichkeit, unter Leute zu kommen. Er selbst besaß nie einen Führerschein.

Daher klemmte sich meine Schwester hinter das Lenkrad. Sie hat ihren Fahrdienst immer ohne Murren erledigt, die Freude darüber hielt sich in Grenzen.

In der Zeit, in der unser Vater den Spaß mit seinen Freunden im Wirtshaus fand, verkürzten wir uns die Wartezeit. Spazierten durch die Gegend, trafen uns mit Bekannten. Eigensinnig ließ es der Alte nicht zu, dass wir den Wagen in Betrieb nahmen.

Stunden später luden wir ihn ein, um die Heimfahrt anzutreten. Er war meist ausgesprochen müde, um es wohlwollend auszudrücken. Auf den letzten Kilometern hat er dann immer sein Gebiss aus dem Mund genommen. Er meinte, im Falle eines Unfalls würde er so nicht an seinen Zähnen ersticken.

Mittn'drin - und trotzdem voll daneben

Der Winter im Fuchsgraben

Zeit, in der Schnee meterhoch unser Land überzog. Trotz Kälte und Nässe genossen wir Kinder diese Jahreszeit. Die Arbeit auf Wiese und Feld ruhte ebenso wie die Menschen, die Kraft sammelten für das kommende Jahr.

Unsere Schule lag im Ortszentrum. Rund fünf Kilometer liefen wir Tag für Tag talwärts und am Abend die gleiche Strecke zurück. Sommer wie Winter. Schulbus? Kannten wir nicht, es gab ja nicht mal eine befahrbare Straße, von Schneeräumung gar nicht zu sprechen. Ich marschierte allein los und je näher der Ort heranrückte, gesellten sich andere Kinder dazu. Bis zu 10 Jungs und Mädels wanderten aus unserem Graben dem Schulgebäude zu. Insgesamt waren es sicher an die hundert Schüler und Schülerinnen aus unterschiedlichen Richtungen, die täglich weit oben ihre Häuser verließen und am späten Nachmittag wieder zurückkehrten.

Lag genug Schnee, fasste ich am Morgen die Rodel aus und sauste wie der Blitz dem Tal zu. Andere schlossen sich bald mit ihren Schlitten an und eine wilde Jagd tobte talwärts.

Ich kam oft zu der Ehre der Zugführer zu sein. Wir nannten es einen Zug, wenn vier oder fünf Schlitten eine zusammenhängende Kette bildeten.

Ich lag bäuchlings auf der ersten Rodel, der „Lok", die Hände fest an die Kufen geklammert, an den Füßen die nächste Rodel angehängt und steuerte die Kette durch den tiefen Schnee, der mir in Gesicht und Nase drang und mir die Sicht nahm.

Aber Indianer kennen keinen Schmerz und ich trug die Verantwortung wie ein Held. Manchmal landeten wir mit dem ganzen Gespann im Graben, purzelten über Stock und Stein, versanken in den Schneemassen und die Nässe rann aus jedem Faden unseres Gewandes, als wir dann endlich die Schule erreichten und von unseren Heldentaten berichteten.

Nach dem Unterricht zogen wir unsere Schlitten wieder nach Hause und freuten uns auf den nächsten Tag und die nächsten Abenteuer.

Wir übten uns auch im Schifahren. Ich hatte alte „rustikale Brettln", einer Fassdaube ähnlicher als einem Schi.

Mit einer geflickten Seilzugbindung, mit Schrauben an den Hölzern befestigt. Ohne Schischuhe, die normalen hohen Schuhe oder Stiefel taten es auch. Reichte das Ganze nicht, gab es Schnüre oder Draht, um einen halbwegs festen Halt zu bekommen. Wir sagten Schifahren dazu, aber es war mehr ein Rutschen und Purzeln den Hang hinunter. Dann brettelten wir wieder bergwärts. Einen Schilift kannten wir nur aus den Zeitungen. Ich denke gerne an diese vollkommen sorglose Zeit zurück und erinnere mich nicht, jemals „Stress" verspürt zu haben, so wie ich es heute von jungen Menschen höre, die jetzt in dem Alter sind, in dem ich damals war.

Mittn'drin - und trotzdem voll daneben

Wenn die Postfrau klingelt

Unsere Post-Mitzi, die Briefträgerin, marschierte Tag für Tag mit ihrer geheimnisvollen schwarzen Tasche von Haus zu Haus. Jeden Tag stand ein anderer „Graben" auf ihrem Routenplan. Ihre Wege legte sie „per Pedes" zurück, Auto oder Moped stellte die damalige Postverwaltung ihren Austrägern nicht zur Verfügung. Ob Sonne, Regen oder Schnee, auf die Mitzi war immer Verlass. Zur Gehhilfe besaß sie einen Stock aus Holz, so wie die Jäger einen benutzen, wenn sie den Wald inspizierten. Unser Haus besuchte sie als Letztes auf ihrem Weg, die Tasche baumelte nach den vielen Zustellungen wenig leichter von ihrer Schulter. Das weiße Taschentuch, mit dem sie sich immer den Schweiß von der Stirn wischte, wies auf längeren Gebrauch hin.

In ihrer Funktionalität des „Kommunikations-Offiziers" wusste sie allerlei Tratsch und Geschichterln zu erzählen. Im Sommer saß sie dann immer gemütlich zurückgelehnt auf der Hausbank, ließ sich den frischen und kühlen Most munden und berichtete von dem, was sie auf ihren Weg so sah und über Land und Leute erfahren hatte. So blieben wir immer auf dem Laufenden darüber, was in den anderen Gräben geschah, wer gestorben war.

Wer Kinder bekam oder wer just in diesen Tagen dabei war, die Bevölkerungsstruktur zu verbessern.

Beim Zuhören verging die Zeit rasch, eine letzte Neige im Mostkrug fand ihren Weg in die durstige Kehle. Zum Abschied ein bis zwei Stamperl vom Selbstgebrannten. Dann hielt sich die Mitzi an ihrem Stock an und trat den letzten Weg des Tages an. Etwas wackelig auf den Beinen, aber gesund und munter.

Die schwarze Tasche baumelte um die vielen Briefe leichter an ihrer Seite. Wir sahen ihr nach und freuten uns über die „Stille Post", die uns die Mitzi portofrei zugestellt hat. Sicher hat sie auf dem Heimweg noch an einigen Stationen Einkehr gehalten.

Aber am frühen Morgen des nächsten Tages ist sie ins Postamt marschiert, hat ihre Tasche befüllt, ihren Stock genommen und ist ihre Tagestour angetreten. Heute würde man sagen ein „Unikum", die Mitzi. Für uns war sie ein liebenswerter Teil unseres Lebens.

Vom Most machen

Auf unserem Grund gab es jede Menge Äpfel und Birnenbäume, die Jahrzehnte zuvor mein Großvater gepflanzt hat. Im Herbst hob die Zeit des „Mostens" an. Diese alten, knorrigen Bäume lieferten den köstlichen Rohstoff. Biologisch auf höchstem Niveau.

Mit langen Leitern und Stangen befreiten wir unsere Bäume von ihrer Last. Die roten, gelben und grünen Kugeln purzelten in die Fangtücher, die wir am Boden auslegten, wurden von dort mit Schubkarren in das Presshaus verfrachtet. Dann sortierten wir das Obst, wuschen es in großen Trögen, warfen unseren braven Allround-Elektromotor an, der den Schredder in Bewegung setzte. Bald füllte sich der große Holzbottich mit würzig duftender Maische, die mit Wasser versetzt, einige Stunden Zeit hatte, um zu rasten.

In der Zwischenzeit habe ich die Presse vorbereitet. Die Maische füllte ich in vier Holzkästen, darauf setzte ich zum Abschluss den Pressstock.

Schon durch dessen Gewicht ist der köstliche, dickflüssige und süßliche Fruchtsaft aus den Abläufen der Presse geschossen.

Lief durch einen Schlauch im Boden in den Keller und von dort in das vorgesehene Fass.

Es galt aufzupassen, dass dieses nicht überlief und vor allem, dass das Rohr in das passende Fass führte. Von meinem Großvater übernahm ich die Mostrezeptur.

Erst wenn das Verhältnis zwischen Birnen und Äpfeln passte, war ich sicher, dass im nächsten Jahr ein exzellenter „Gemischter" gegen meinen Durst im Keller lagerte. Waren die Presskästen randvoll mit Maische befüllt, setzte ich die Spindel an, drehte sie mit beiden Händen und drückte so den Pressstock immer tiefer in das fruchtige Gemisch.

Damit die Maische vollkommen ausgepresst wurde, hatte ich stufenweise vorzugehen: Drehen, einige Minuten warten, drehen. Reichte die Kraft der Hände nicht mehr aus, kam ein langer Holzprügel wie ein Hebel zum Einsatz, den ich durch die Naben der Spindel steckte. So nutzte ich dessen Kraft, um die letzten Tropfen rauszuholen. Übrig blieb ein fester trockener Maischeziegel, der an die Kühe und Schweine verfüttert wurde.

Bei uns gab es keine Abfälle, keine Biotonne. Wiederverwertung war oberstes Gebot. Weggeworfen wurde nichts.

Langsam füllten sich so die Fässer. Über das Gärloch am oberen Ende des Fasses, treten die Überreste des Gärprozesses aus. Kleine Obststücke und mehr. Die hatte ich täglich zu entfernen, um der Qualität nicht zu schaden.

Zwei bis drei Wochen, tägliches prüfen, reinigen, kosten. Dann ist es so weit. Der Most – das Getränk für den nächsten heißen Sommer, oder Glühmost an eiskalten Wintertagen ist fertig.

Und wir alle hofften, dass kein „Sauerampfer" im Fass dümpelt, der dir beim Trinken die Hose in den allseits bekannten Allerwertesten zieht. Und wenn – wir brauchen ohnehin Essig. Wie gesagt: Für uns war Wegwerfen eine unverzeihliche Verschwendung.

Vom Sterben im Fuchsgraben

… oder warum mir vor Blutwurst graut.

Ein bis zweimal im Jahr beförderten wir eine unserer Säue in die ewigen Jagdgründe. Ich war bei seiner Geburt dabei, sah es aufwachsen, dick und fett werden, mit prallem Speck auf den richtigen Stellen. Der Tag des Schlachtens rückte immer näher, ein Termin mit dem Schlachter stand fest. Der Nachbar, entsprechend begabt, übernahm den Job.

Ein hektischer Tag bricht an. Der großmächtige Heizkessel wird unterhalb des Hauses aufgestellt, mit Wasser gefüllt und eingeheizt. Zu gleicher Zeit bereiten wir den Sautrog vor. In ihm findet das geschlachtete Tier Aufnahme, darin wird der leblose Körper von Borsten und Haaren befreit. Dazu liegt es in dem heißen Sud, mit Ketten und scharfen Messern wird es so lange bearbeitet, bis seine Haut rein und glatt, wie ein Kinderpopo ist.

Die Tiere im Stall nehmen diese Hektik wahr. Eine gewisse Nervosität macht sich breit. Die Frage, wer heute auf die Schlachtbank kommt, wem heute die Stunde schlägt, scheint unbeantwortet im Raum zu stehen.

Leise schlich ich am Saugatter vorbei und der Blick in die wissenden Augen berührte mich tief.

Trat dann der Schlachter mit seinem Schussapparat heran, verschwand ich blitzschnell, versteckte mich im Heu und hielt mir die Ohren fest zu. Es war mir unmöglich, das angstvolle Schreien zu ertragen. Erst nach dem erlösenden Knall kam ich langsam wieder hervor.

Ich sah das Tier erst wieder, wenn es tot aus dem Stall gezogen wurde. Ein schneller Schnitt über den Hals, eine große Pfanne darunter und das Blut schießt pulsierend aus der Wunde. Rasch rühren, damit es nicht stockt. Tiefrot, mit Luftblasen durchsetzt. Daraus erzeugt man Blutwurst und einige andere Spezialitäten. Ich habe mein ganzes Leben gern auf diesen Genuss verzichtet.

Alles Weitere habe ich nicht mehr so grauslich empfunden. Das Tier kommt in den Trog, wird mit heißem Wasser übergossen, Saupech darüber gestreut. In dieser Brühe verliert es dann alle Haare, gedreht von Männern, Ketten um den toten Körper geschlungen.

Die letzte „Rasur" passiert auf dem Hackstock, mit feiner Klinge werden die letzten Haare und Borsten entfernt.

Am Ende des Tages ist die ganze Sau in portionsfertige Stücke zerlegt, fein säuberlich verpackt und sortiert. Der Fleischvorrat für das nächste halbe Jahr wartet auf die weitere Verarbeitung, in Surfasseln, der Selchkammer oder im Kochtopf. Der schreckliche Tag ist bald vergessen, wenn ein köstliches goldbraunes Schnitzel, ein saftiger Schweinsbraten am Teller liegt.

Einige Tage später kam der Bauchspeck an die Reihe. Bis zu 20 cm reinstes Fett wurde in kleine Würfel geschnitten, die dann in großen „Häfen" auf dem Herd ausgelassen und zu herrlichen „Grammeln" verarbeitet wurde.

Bei all diesen Arbeiten verflüchtigte sich meine Trauer um „Nutschi". Tod und Leben lagen in unserer kleinen Keusche nah beieinander, im Stall quiekten die jungen Ferkel und freuten sich ihres Lebens. Aber Blutwurst esse ich trotzdem nicht.

Mittn'drin - und trotzdem voll daneben

Vom Leben im Fuchsgraben

... oder wie man Kühe macht.

Ein lustiger Titel. Ich bin darauf gekommen, weil es heutzutage üblich ist, dass Kinder – die wenig jünger sind wie ich damals – manchmal der Meinung sind, dass Kühe „lila" sind und „Milka" heißen (Achtung, das ist keine versteckte Werbung oder Produktplacement).

Verständigen wir uns darauf, dass Kälber von Kühen geboren werden, nachdem sie in ihnen herangewachsen sind. Und wie sie da hinein kommen, davon handelt diese Geschichte.

So wie bei den Menschen braucht man dazu weibliche und männliche Kühe. Hoppla. Männliche Kühe stimmt nicht, die heißen Stiere. Keinesfalls Ochsen, den diesen fehlt ein wesentliches Stück, um die Gattung Rindvieh um ein Mitglied zu bereichern.

Eines Tages komme ich in den Stall, bereit meine drei Prachtstücke zu melken. Doch anders als sonst, spüre ich eine unterschwellige Unruhe und Nervosität. Was ist los?

Ich schau mich um und sehe die Vroni — meine Montafonerin — steigt seltsam aufgeregt herum, reißt an der Kette, verweigert das Fressen, vollkommen anders als sonst. Beim Melken tritt sie aus, steigt vor und zurück und ich frage mich, was mit dem Rindvieh heute wieder los ist.

Bald merke ich, sie verlangt nach männlicher Gesellschaft. Bei den Kühen nennt man das „Stieren". Aha, denke ich.

Du brauchst einen Gefährten, zumindest für eine kurze Zeit. Du weißt, dass beim Nachbarn ein Stier auf dich wartet, und verlangst nach ihm. Zum „Stier treiben" ist angesagt.

Alle, die die Vorstellung haben, dass Kühe auf Bergbauernhöfen, den ganzen lieben Tag auf Wiesen herumstreunen und das Leben in Freiheit genießen, denen habe ich leider zu sagen, auf so kleinen Höfen, wie dem unseren war das nicht so. Wir hatten keine Möglichkeit, die Kühe auszutreiben, sie auf dem Grund grasen zu lassen. Das Gelände war zu steil, die Gefahr von Unfällen zu groß und außerdem wären die Wiesen durch das Gewicht der Kühe zerstört worden.

Sie blieben deshalb Jahr und Tag angekettet im Stall – nur einmal im Jahr war die Zeit, um ihr „Gefängnis" zu verlassen: wenn der Marsch zum Stier anstand.

Bis zum nächsten Bauern, der einen Deckstier besaß, schlängelte sich, rund fünf Kilometer, ein steiniger Weg, der durch teilweise steiles und abschüssiges Gelände führte. Für die sehnsuchtsvolle Kuh eine Herausforderung. Ob der langen Zeit im Stall, war sie anfänglich etwas unbeweglich, hatte das freie Marschieren erst mal wieder zu lernen.

Aber meiner Vroni war klar, was die Stunde geschlagen hat, und die Vorfreude half ihr schnell „auf die Beine". Nach einigen vorsichtigen Schritten ist sie fast tänzelnd, hurtig und flink losgerannt und hat mich an der Kette hinter ihr her geschleift. Eine halbe Tonne Kuh gegen einen Jungen mit nicht mehr als fünfzig Kilogramm. Ein ungleiches Verhältnis. So sind wir über Stock und Stein dem Rendezvous entgegengeeilt.

Kurz und gut, wir erreichten das Gehöft des Bauern in Rekordzeit. Dann war es – aus meiner Sicht – mit der Romantik vorbei.

Vroni wird in ein Gatter gespannt und fest mit dem Kopf niedergebunden – ein schwerer, wild dreinblickender Stier, stampft mit gesenkten Hörnern aus dem Stall.

Sicher eine Tonne Fleisch, Knochen und Muskeln.

Mit seinem ganzen Gewicht besteigt er von hinten meine Vroni, deren Hinterbeine unter dieser Last einzuknicken drohen.

Doch sie hält tapfer stand. Es dauert ohnehin nicht lange, nach einigen Minuten und einer Kontrolle auf ein „Happy Ending", befreite ich die Vroni aus ihrer Lage, bezahlte das Deckgeld und wir traten den Heimweg an.

Dieser verlief harmonisch, aber langsam. Wir waren dreimal so lange unterwegs wie auf dem Hinweg. Mein altes Mädel ließ sich Zeit, roch an den vielen Gräsern und Blüten des Weges, kostete von den Köstlichkeiten, die ihr die frischen Wiesen darboten. Und manchmal, so schien es mir, ließ sie einen verklärten Blick zum Bauernhof wandern, in dem ihr Galan sich wieder seinen anderweitigen Verpflichtungen zu widmen hatte. In seinem Stall war er der Boss über rund zwanzig Kühe.

Zu Hause angekommen, hob die Zeit des Beobachtens an. In den nächsten Wochen würde herausstellen, ob mit Nachwuchs zur rechnen sei. Wenn nicht – na dann auf ein nächstes Mal.

Einige Jahre später haben die Nachbarn die Stierzucht eingestellt und an die Stelle des Stieres trat der Tierarzt mit seinem Besamungshandschuh. Unsere Kühe kamen um den Genuss des jährlichen Spaziergangs und des damit verbundenen Vergnügens. Was werden sie vermutlich mehr vermisst haben?

Mittn'drin - und trotzdem voll daneben

Neues Leben

Bald war festzustellen, dass unsere Kuh guter Hoffnung (trächtig) war. Wir rechneten mit einer Einstellung der Milchproduktion nach ca. 25 Wochen. Das heranwachsende Kalb, das etwa 40 Wochen nach dem Zeugungsakt das Licht der Welt zu erblicken gedachte, war auf die Nahrung angewiesen.

In den letzten Wochen vor dem Geburtstermin beobachteten wir das Tier aufmerksam. Jedes Anzeichen von Unwohlsein oder Krankheit war ein Hinweis auf einen möglichen ungünstigen Verlauf, der Kuh und Kalb gefährdete. In dieser Zeit kümmerte sich der Tierarzt speziell um die „junge Mutter" und kam immer wieder auf einen Hausbesuch vorbei.

„Ich glaube heute Nacht wird es so weit sein, die Vroni wird kalben. Du kannst schon alles herrichten". Mit diesem Satz meiner Mutter nahmen genau abgestimmte Tätigkeiten ihren Anfang.

Zuerst die speziellen Zugseile richten, die, meist noch im Mutterleib, um die Füße des Kalbes geschlungen wurden, um es damit aus seiner warmen Höhle zu ziehen.

Ein großer Topf Schmalz hatte bereitzustehen, um den Geburtskanal ordentlich zu schmieren. Wasser wurde den ganzen Tag am Kochen gehalten, um es im Falle des Falles sofort bereit zu haben. Die Vroni bekam ein weiches Bett aus Stroh, das vor allem den Fall des jungen Rindviehs abmilderte.

Ich stellte mich auf eine schlaflose Nacht ein. Wir blieben abends im Stall, beobachteten und warteten. Und dann war es so weit – lautes Muhen – die Kuh richtete sich auf, sie bereitete sich auf die Geburt vor.

Meist verlief alles ohne Schwierigkeiten und blitzschnell. Wir sahen die Vorderfüße des Kalbes unter dem Schwanz der Kuh herausragen. Schnell den Strick darum gewickelt, mit Gefühl aber doch kräftig gezogen und „plumps" lag ein nasses Bündel – glitschig und blutig im Stroh.

Jetzt gleich nach der Kuh sehen. Wenn Sie den Kopf Richtung Kalb wendet, ist das ein Zeichen dafür, dass alles in Ordnung ist.

Wir rubbeln das Kleine mit Stroh ab, schieben es der Mutter zu, die es sofort liebevoll ableckt und uns zeigt, dass sie ihr Kind anerkennt.

Ein paar Minuten später steht das Kleine schon auf wackeligen Beinen, mit großen Augen guckt es in die Welt, in die es soeben geplumpst ist.

Mit einem leisen „Muh...", macht es aufmerksam, dass ein Schlückchen Muttermilch nicht zu verachten wäre. Ohne unser Zutun findet es die Zitzen am Bauch der Kuh und lässt es sich schmecken. Hurra – wir haben es geschafft.

Das war eine „leichte Geburt". Es gab andere Situationen, da verlief alles nicht so reibungslos. Wenn das Kalb verkehrt lag, dann dauert es oft einige Stunden, in denen wir versuchten, es im Leib der Mutter zu drehen. Dabei bestand die Gefahr, dass es erstickte, und die Kuh erlitt fast unerträgliche Schmerzen. Manchmal war sie nicht zu retten und folgte ihrem toten Kind einige Stunden später nach. Neues Leben, Tod und Leid, wie nah liegt alles beieinander.

Schau ich in die tiefste Ferne …

… meiner Kinderzeit hinab,

steigt mit Vater und mit Mutter

auch ein Hund aus seinem Grab.

Fröhlich kommt er hergesprungen,

frischen Muts, den Staub der Gruft,

wie so oft den Staub der Straße,

von sich schüttelnd in der Luft.

Mit den treuen braunen Augen

blickt er wieder auf zu mir,

und der scheint, wie einst, zu mahnen:

Geh' doch nur, ich folge dir!

(Friedrich Hebbel)

Mein treuer Begleiter seit meinem fünften Lebensjahr war meine „Sus'l". Eine schwarzbraune Langhaardackeldame, den Schwanz geringelt und hochgetragen, die Augenbrauen braun, ebenso die Pfoten. Sie war so entzückend, wie sie klein und zitternd das erste Mal bei uns am Küchentisch gesessen ist.

Sie war mein Spielgefährte, mein Freund und Begleiter in allen Lebenslagen. Und sie war sie Einzige, um die es mir leidtat, als ich den Fuchsgraben verlassen habe.

Sie ist mir auf Schritt und Tritt gefolgt und selbst wenn ich sie einmal nicht mitgenommen habe, ein kurzer Pfiff – ein Ruf: „Sus'l", und sie ist wie ein Blitz über Stock und Stein daher gesaust und hat sich vor Freude fast überschlagen, wieder bei mir zu sein.

‚Es war nicht möglich, sie in die Schule mitzunehmen. Tag für Tag saß sie traurig an einem Baum unterhalb des Hauses und sah mir aus ihren dunklen Augen nach.

Und fast schien es, sie wäre dort den ganzen Tag gesessen. Denn wenn ich von der Schule nach Hause kam, sah ich schon von weitem den kleinen schwarzen Punkt an der Stelle sitzen und warten bis der Pfiff, der Ruf ertönte. Und dann – ab die Post, der schwarze Punkt setzte sich in Bewegung, wirbelte, überschlug sich fast und raste in halsbrecherischem Tempo zu Tal.

Angekommen sprang sie an mir hoch und zeigte mir ihre Freude, als wäre ich Jahre fortgewesen und nicht nur einige Stunden.

Meine Sus'l war eine wahre Heldin. Sie nahm es mit allen auf. Und ihre größten Feinde waren die Schlangen. Wir hatten eine ganze Menge Ringelnattern auf dem Grund und im Haus.

Eines Tages wird so ein Tier meine Sus'l arg geärgert haben. Seitdem hatte sie einen unversöhnlichen Hass gegen alles, das wie eine Schlange aussah. Unweigerlich dem Tode geweiht, wenn Sus'l sie entdeckte. Zum Glück handelte es sich nie um Giftschlangen, sondern nur Nattern. Aber sie waren groß, bis zu zwei Meter lang. Doch mein Hund kannte keine Angst und stürzte sich todesmutig auf sie.

Sie hatten die unangenehme Neigung, tiefe Nistlöcher zu graben. Gefährliche Gruben, denn ein Fuß war schnell gebrochen. Entdeckte ich so ein Loch, reichte ein kurzer Befehl: „Sus'l Schlange!" Und egal, wo sich meine Freundin herumtrieb, der Ruf genügte. Schnurstracks stob sie heran und hat sich ihrer Todfeindin angenommen. Entweder hat sie diese vor ihrem Nest erwischt oder hat sie ausgegraben. Mit tiefem beängstigendem Knurren, die Schnauze bis zu den Augen im Loch, mit dem Maul die Erde weggerissen, so lange bis das Nest offen vor ihr gelegen ist.

Hat sie die Schlange dann gefasst, schleuderte sie herum, biss und riss sie in Stücke. Wutentbrannt und knurrend, da flogen sprichwörtlich die Fetzen. Sie war nicht zu bremsen.

Am Ende waren wir um eine Natter ärmer, doch das Loch war mindestens doppelt so groß wie davor.

Ja, das war meine Sus'l. Es gäbe so viele Erinnerungen an sie, dass ich damit den Rahmen dieses Buches sprengen würde. Ich widme ihr diese Zeilen, in tiefer Liebe und zum Gedenken. Ich werde dich nicht vergessen Sus'l und wir sehen uns in einem anderen Leben wieder. Ich freue mich darauf.

Anmerkung 2016: Seit diesem Jahr bereichert eine andere Hundedame unser Leben. Eine blonde Schönheit, mit unvergleichlichem Hüftschwung. Wenn Sie an meiner Seite sitzt und sich den Hals kraulen lässt, sieht sie mich mit einem so wissenden Blick an, dass ich das Gefühl habe, wir kennen uns schon sehr, sehr lange. Aber das ist Blödsinn. Oder?

Television im Fuchsgraben

Der Wahnsinn. Wir haben einen Fernseher. 1967 – die Sensation im Fuchsgraben.

Mein Vater hat ihn sich angeschafft. Seine Krankheit fesselte ihn an das Bett, das Haus zu verlassen war ihm kaum möglich. Doch sich komplett von der Welt da draußen zu verabschieden, war nicht in seinem Sinne. Information und Unterhaltung waren ihm wichtig, denn so vergaß er für kurze Zeit seine Schmerzen und hatte das Gefühl am Leben teilzuhaben.

Was gab es 1967 im Fernsehen? Einen schwarz-weißen (das ist nicht politisch gemeint) ORF mit einem Programm. Farbfernsehen lag damals weit jenseits unserer Vorstellungskraft.

Was gab es im Fuchsgraben nicht? Durchgehenden Empfang des Fernsehsignals und vor allem damals überhaupt nicht: Satelliten. Die kamen erst rund 30 Jahre später.

Der Apparat wurde mit einer Antenne, daran ein langes (überaus langes) Kabel geliefert. Fernsehtechniker für den Anschluss? Selten so gelacht. Was solls, so schwierig wird das nicht sein.

Fernseher aufstellen, Antennenkabel anschließen, raus beim Fenster, die Antenne auf ein langes Eisenrohr (zwei Meter oder so) montiert, das Kabel angeschlossen und das Fernsehsignal gesucht. Wie einst ein heiliger Mann zweitausend Jahre vor mir – er mit dem Kreuz, ich mit meiner Antenne, wanke ich die Wiese bergan. Gefolgt von dem lauten Rufen meines Vaters:

„Nix – er griasselt…"

Weiter.

„Nu immer nix, aber jetzt bleib steh!! Bleib!! Na nix geh weiter".

Das blöde war, dass es kein stabiles Signal gab. Abhängig von Wetter, Luftdruck, Innentemperatur, Feuchtigkeit der Dachziegel, Konsistenz der Kuhscheiße und was sonst noch alles, war es einmal da und einmal fort.

Und ich haste mit meiner Antenne kreuz und quer durch die Botanik auf der Suche nach dem besten Signal, getreu den Befehlen meines Vaters folgend, der wie ein Dirigent zum Fenster hinausrief: „Auffi, a bisserl umi, owa, jetzt – geht er. Bleib".

Was heißt „bleib". Nun bleib heißt bleib. Halte die Antenne gerade, wackle nicht und warte, bis Zeit im Bild vorbei ist. Na super.

Im Sommer halbwegs zu ertragen. In einer Hand ein Buch, in der anderen die Antenne. Aber mach das mal im Winter. Außer den Fingern frieren Dir da ein paar andere Dinge ab.

Wenn mir das Glück hold war, blieb das Signal stabil. Kleinere Justierungen waren am Gerät selbst vorzunehmen.

Das blöde daran, dazu hatte man den Fernseher auf den Kopf zu stellen, die Abdeckung runterzunehmen und bei einem kleinen Schrauben zu drehen, bis ein klares Bild über die Röhre flimmerte. „Jetzt ist es schön, lass es …", sprach mein Vater die erlösenden Worte. Zugeschraubt, richtig hingestellt und: Bild weg. Shit. „Bua, geh wieder zur Antenne…"

Wütender Kommentar meines alten Herrn.

So hatte ich eine Menge zum Fernsehen. Doch in anderer Form. Denn von der Wiese, auf der ich mich mit der Antenne herumtrieb, hatte ich einen weiten Ausblick in das Tal und auf die umliegenden Berge. Meine Art fernzusehen.

Fünf Jahre später. Ein Sender wird gebaut. Auf der anderen Talseite. In direktem Sichtkontakt zu unserem Haus. Dem Himmel sei Dank.

Doch war mein Leid nicht zu Ende. Die Antenne hatte ihren Platz am Dachfirst gefunden, nur über den Heuboden zugänglich. Eine waghalsige, wacklige Kletterei stand mir bevor, um sie zu erreichen. Rund einmal pro Woche stand ich da oben, drehte das Antennenrohr nach links – nach rechts – nach links. Bis von meinem Vater das Erlösende „passt – kumm owa..", aus der Stube schallte. Bis zu nächsten Mal.

Trotz allem, ich blicke heute frohen Mutes auf die Zeit zurück. An die Tage im Winter, da die großen Schirennen am Programm standen. Alle Nachbarn bei uns in der Stube versammelt, u nsere Sportler anfeuernd. Im Sommer die Fußballspiele. Most, Schnaps und der dichte Rauch aus Pfeifen, Zigarren und Zigaretten waberte durch das Haus. In diesem Umfeld vergaß mein Vater für einige Stunden sein Leiden und war glücklich.

War das Haus wieder leer, hatten alle den Heimweg angetreten, griff er zur Fernbedienung und schaltete das Gerät aus. „Was", werden sie fragen, „gab es damals schon eine Fernbedienung?" Ja. Es war die Besenstange, mittels der mein Vater, auf seinem Bett liegend, den Ausknopf drückte.

Und wie geht es weiter?

Gute Frage.

Mit 18 Jahren bin ich für immer fort aus dem Fuchsgraben. Und nie wieder länger als zwei Tage zurückgekommen.

Warum?

Ich habe nie das Gefühl der Heimat gekannt. Beständig das Gefühl in mir, etwas zu versäumen, wenn ich dortbliebe. Und tatsächlich – ich habe dann auch wirklich nichts versäumt. Aber im Grunde genommen, bin ich immer der „Keuschler Bub" geblieben – oder wie mein Vater zu sagen pflegte: „Du brauchst gar nicht glauben, dass Du was Besseres bist. Du bist und bleibst a kloaner Bauern Bua".

Und ich habe vieles unternommen, um diesem Glaubenssatz zu entfliehen – nur ich habe es zu spät gemerkt, dass mir in jungen Jahren eine Botschaft eingepflanzt wurde, die ich zwar nicht akzeptieren konnte, die ich aber doch zu befolgen hatte. Fast wie einen Auftrag.

Und was hatte das für mich für Folgen? Schlimme und Gute. Schlimm, dass ich immer ein Gratwanderer war und auch heute noch bin. Schlimm, dass ich Erfolge nie mir selbst zuschrieb, sondern einem glücklichen Zufall.

Schlimm, dass ich niemals gesundes Selbstbewusstsein aufbauen und mir einen veritablen Minderwertigkeitskomplex zugelegt habe.

Gut, dass ich alle Anstrengungen gemacht habe, diesem Muster zu entfliehen. Leider oft nur halbherzig – ernsthaft erst rund vierzig Jahre später – geführt durch meine Frau, der ich dafür auf das tiefste dankbar bin.

Heute bin ich zwar Unternehmer mit einer ziemlich wechselvollen Geschichte, habe studiert, war in leitenden Positionen tätig und bin erfolgreich – so sagt man.

Aber im Innersten meines Herzens bin und bleibe ich ein kleiner Bauernbub. Und ist das so schlecht?

Jahre später der Versuch, nochmals einen Schritt in die Vergangenheit zu tun. Kaufe mir einen kleinen Bauernhof im Waldviertel, einen Traktor Marke „Steyr 15", so wie wir ihn in den letzten Jahren auch im Fuchsgraben hatten, habe gebaut, renoviert, Holz gefällt – und viel Geld investiert.

Zwanzig Jahre später – der Traum ist aus. Ich mag nicht mehr. Viel Geld – und trotzdem, das Gefühl der Heimat kommt nicht mehr auf.

Ist eigentlich niemals aufgekommen.

Erst im letzten Jahr empfinde ich so etwas wie „angekommen zu sein" – an der Seite meiner Frau, die mir ihre unerschütterliche Liebe entgegenbringt, die mich fördert, die mich zum Künstler, Maler, Autor gemacht hat. Die an mich glaubt und Ungeahntes in mir weckt.

Schön langsam komme ich von „voll daneben" ins „Mitt'n drin".

Das heißt, ich finde meine Mitte. Manchmal reißt mich der Schwung des Pendels nochmals mit und ich taumle aus dem Zentrum. Aber ich denke, dass die Anziehungskraft groß genug ist, dass ich den Haltepunkt meines Lebens und Denkens nicht verliere.

Oft sprechen wir, ob alles anders verlaufen wäre, wenn wir uns früher getroffen hätten. Vielleicht. Es ist müßig, darüber nachzudenken.

Unser Vergleich ist, der von zwei Eisenbahnschienen, die sich in der Ferne am Horizont treffen. Bis dahin sind sie parallel gelaufen – nebeneinander, aber doch aufeinander zu. Bis sie sich treffen mussten, das war und ist der früheste Zeitpunkt, am Schnittpunkt der Lebenslinien. Die Tür zu nächsten Leben ist gar nicht mehr so weit entfernt.

Mittn'drin - und trotzdem voll daneben

Blick zurück – ein Vergleich

Auf den Seiten bisher, haben Sie einiges über meine Jugend und das Aufwachsen erfahren. Berechtigt werden manche Leser sagen „Na und – so bin ich auch aufgewachsen", denn der Fuchsgraben ist ja keine Enklave – er ist vergleichbar mit vielen anderen Gegenden in unserem Land und darüber hinaus. Der Unterschied liegt darin, dass ich es bin, der es aufgeschrieben hat. Ob aus Gründen der Dokumentation oder mit einem redlichen Anteil an therapeutischer Wirkung für mich, sei dahingestellt.

Aber das ist eine andere Geschichte.

Ich bin glücklich darüber, dass Kinder in unserem Land ohne Gefahr an Leib und Leben aufwachsen. Ich bin froh, dass Ihnen von Beginn an, alle Möglichkeiten offenstehen, dass sie von verschiedenen Seiten Unterstützung bekommen. Und mehr ist darüber nicht zu sagen, als Danke und an diese Stelle können Sie gerne zu lesen aufhören.

Es kommen nur einige Absätze, die nach „Phisihing for Compliments" klingen, den Leser / die Leserin dazu verleiten wollen, zu sagen „der arme Bub, was der alles mitgemacht hat...". Blödsinn. Ich war nicht arm. Schlagen Sie hier das Buch zu und lesen Sie nicht weiter.

Das Leben im Fuchsgraben trägt die Überschrift „klare Regeln und jede Menge Improvisation". Ein vorgezeichneter Weg, den zu verlassen, nicht alle den Mut und die Möglichkeit hatten.

Würde man ein Kind von heute im zarten Alter von sieben Jahren in diese Zeit und die dort herrschenden Verhältnisse befördern – es würde sich nicht zurechtfinden und aller Wahrscheinlichkeit würde dessen Immunsystem verrücktspielen. Weil es nicht daran gewöhnt wäre in einem Bett zu schlafen, in dem die Eiskristalle frühmorgens auf der Bettdecke liegen, weil es nicht daran gewöhnt wäre, sich Sommer wie Winter mit eiskaltem Wasser zu waschen.

Weil es die frische, warme Kuhmilch direkt aus dem Euter nicht vertragen würde, weil es einen Cholesterinschock erleiden würde, wenn es den Speck, die in reinem Fett gebackenen Nudeln, die in Schmalz schwimmenden Grammeln zu sich nehmen würde.

Obwohl Fast Food beim Mac oder Ähnliches kaum was anderes ist.

Ich habe meinen Durst an den Bächen gestillt, die durch unsere Wiesen geflossen sind. Wohlwissend, dass einige hundert Meter oberhalb, unsere Nachbarn exakt in diesen Bach verschiedene Ausscheidungen einleiten. Aber auf dieser Strecke hat die Natur schon ihren wundervollen Reinigungsmechanismus vollzogen – nichts ist passiert.

Als Schulkinder hatten wir nicht die Annehmlichkeit mit dem Bus zur Schule und von dort wieder nach Hause gebracht zu werden. Wir waren jeden Tag mindestens zehn Kilometer unterwegs – einen Höhenunterschied von vierhundert Metern überwindend. Neben der Schultasche immer einen kleinen Einkauf mittragend.

Dafür hatten wir aber auch die Möglichkeit direkt zu „kommunizieren" – SMS, Chat, Internet, Handy – diese Wunderdinge der Technik gab es erst vierzig Jahre später.

Wir haben Salat gegessen, der natürlich gedüngt wurde (sie haben davon bereits gelesen), wir haben Fleisch von Schweinen gegessen, die sich mehrheitlich von Speiseresten aus unserer Küche ernährt haben und nicht mit Kraftfutter und Eiweiß-was-weiß-ich-noch-alles-Zusatzstoffen. Wir mussten nicht auf jeden Apfel, jede Birne, jedes Glas Schnaps „BIO" drauf pinseln – denn es gab nur BIO, sonst nichts.

Und manchmal beschleicht mich das Gefühl, dass der Apfel, den ich als Kind zuerst abwaschen musste, weil er zufällig in die Mistgrube gefallen ist, mehr „BIO" war als der hochgezüchtete „Zurück-zur-Natur" Klamauk.

Alle die, denen ich die Inhalte dieses Buches geschildert habe, sind erstaunt: „Wie kann man so aufwachsen? Du musst doch immer krank gewesen sein, deine Knochen müssen doch gebrochen, dein Kreuz kaputt sein?"

Mitnichten. Ein Blick in die Runde zeigt mir, dass ich körperlich im Vergleich zu vielen meines Alters ziemlich gesund bin (bis auf ein paar Schrammen im Kopf). Ich habe nach wie vor eine Top Konstitution, obwohl ich in den letzten Jahrzehnten meinen Körper mehr als strapaziert habe.

Aber er ist es von Jugend an gewohnt, dass er es nicht leicht mit mir hat.

Dafür kann ich ihm jetzt auch „Danke" sagen – und ihm versprechen, dass ich ein wenig mehr aufpasse auf ihn.

Schließlich haben wir noch einiges vor miteinander.

Auflage 2 2022

Ich habe mich entschieden, das Buch neu aufzulegen. Inhaltlich hat sich nicht viel geändert, es sind immer noch einige stilistische und grammatikalische Fehler drinnen, weil ich auf ein Lektorat verzichte und ich selbst mein Korrektor bin. Ich hoffe Sie verzeihen mir.

2022! Das Jahr nach der Pandemie, das Jahr in dem die Welt real gesehen vor einem Weltkrieg steht. Das Jahr in dem die Zündler die brennenden Fackeln an den Docht halten.

Das Jahr, in dem ich meine Überzeugung, dass sich die Menschheit niemals ändert, wieder einmal bestätigt sehe. Wir sind und bleiben Raubtiere. Nein, eigentlich ist „Raubtier" eine Beleidigung für alle Lebewesen, die töten, um zu überleben. Der Mensch tötet, verletzt und zerstört ohne Notwendigkeit. Reine Machtgier und das Gefühl „es tun zu können", treibt ihn zu Gräueltaten, über die sich jedes Tier schämen würde.

Ich mag keinen Blick in die Zukunft tun, deshalb nochmals die Beschäftigung mit meiner Vergangenheit.

In einigen Jahren können wir tatsächlich auf die „gute alte Zeit" zurückblicken, wenn wir über die Ruinen wandern, weinend an Massengräbern stehen, Krankheiten, Tod und Elend unseren Tagesalltag bestimmen. Wir werden uns fragen: „Wie konnte es nur so weit kommen?" Seien Sie beruhigt, diese Frage haben sich Generationen vor uns auch schon gestellt und nichts, rein gar nichts daraus gelernt.

Wir alle sind Schafe oder Lemminge und lassen uns willenlos von den geschickten Manipulatoren in den Tod treiben. Wir haben es nicht anders verdient. Meine Erkenntnis von 4000 Jahren Geschichtsbetrachtung. Und damit wünsche ich Euch allen, dass es doch nicht so schlimm kommt. Insgeheim weiß ich, es kommt viel schlimmer.

Buchbeschreibung

Eine ganz alltägliche Geschichte. Wie man in einer kleinen Bergbauernkeusche im oberösterreichischen Ennstal auf-wächst. So wie Tausende andere Kinder auch. Ein Rück-blick auf eine unwiederbringliche Jugendzeit und der Ver-such, sich diese dennoch zurückzuholen. Gedanken, warum das Leben so und nicht anders verlaufen ist. Ein Ver-gleich mit der aktuellen Zeit und die Erkenntnis, nichts ist schlechter oder besser, nur anders. Es ist die eigene Einstellung zu Zeit und Umständen, die eine positive oder ne-gative Einschätzung möglich macht. Darum: Hadere nicht mit dem, was du nicht ändern kannst, sondern beschäftige dich mit dem, was in deiner Macht liegt. Und blicke nie-mals im Zorn auf dein bisheriges Leben zurück, das hat es sich nicht verdient.

Über den Autor

Der Erzähler, in dem Buch, Frank Xavier, ist eine zer-risse-ne, oft geflickte und aktuell im fortgeschrittenen Stadium eines umfassenden, totalen Service- und Reparaturprozesses befindliche Persönlichkeit.

Einst im sogenannten Brotberuf (ähem? - wenig Brot) ein pragmatischer Wirtschaftler mit schillernder Vergangenheit und Tätigkeit in diversen Branchen und Unternehmungen. Und vor allem: liebender und geliebter Ehemann mit einer wunderbaren Frau an seiner Seite (siehe Widmung).

Mittn'drin - und trotzdem voll daneben

Ende und Aus